Arena-Taschenbuch
Band 2317

Die Rätsel-Kicker (von links nach rechts)

Hans-Peter Wiese verpatzte sich seine Fußballkarriere als Linksaußen bei Hannover 96: Zwar überließ er keinem Gegner freiwillig den Ball, aber eben auch keinem Mitspieler. Heute spielt er mit Erfolg Tischfußball und jongliert mit Bällen.

Felix Hoffmann wurde im Alter von neun Jahren vom Fußball gepackt. Alle Spiele der Weltmeisterschaft 1982 spielte der heutige Fan des FC St. Pauli mit einer Freundin in Gärten und Parks nach.

Mirko Siemßen sah sein erstes Bundesligaspiel als Fan in der Saison 1982/83 (HSV-Bayern, 1:1). 1988 ist er zum FC St. Pauli bekehrt worden. Sein Geburtstag ist am 30. Juli – der Tag, an dem das Endspiel der ersten Fußball-WM stattfand – hatte er da eine andere Wahl, als Fußballfan zu werden?

Ulli Schubert wurde mit dem Fußball unter dem Arm geboren. Seine Lieblingsposition war rechter Außenverteidiger. An jedem Wochenende grätschte er sich auf dem Grandplatz die Oberschenkel blutig. Wenn man genau hinguckt, kann man die Kratzer heute noch erkennen.
www.ulli-schubert.de

Von Ulli Schubert sind als Arena-Taschenbuch erschienen:
Pokalfieber (Band 2119)
Die Reporterkids (Band 2261)
Hooligan (Band 2704)

Ulli Schubert, Mirko Siemßen,
Felix Hoffmann und Hans-Peter Wiese

Super-Quiz für Fußballfans

Arena

Redaktionsschluss für alle Ergebnisse und Statistiken:
31.10.2003

In neuer Rechtschreibung

Überarbeitete und aktualisierte Neuausgabe
1. Auflage als Arena-Taschenbuch 2004

Umschlagtypografie: knaus. büro für konzeptionelle
und visuelle identitäten
Gesamtherstellung: Westermann Druck Zwickau GmbH
ISSN 0518-4002
ISBN 3-401-02317-9

Inhalt

Hallo Fußballfans!

Wer ist der teuerste Spieler aller Zeiten? Wie wird die chinesische Fußball-Liga genannt? Wann fand das erste Länderspiel der Welt statt? Na, weißt du die richtigen Antworten?
Ganz genau 374 Fußball-Fragen aus sechs Wissensgebieten warten darauf, von dir gelöst zu werden – manchmal sind sie leicht, manchmal sind sie lustig, manchmal sind sie aber auch ganz schön knifflig. Je nachdem, wie leicht oder schwer eine Frage ist, kannst du ein bis drei Punkte erreichen, bei einigen Fragen sogar noch mehr. Am Ende jeder Quizrunde kannst du auf der Punkteskala ablesen, wie fit du bist.
Die Lösungen zu den Fragen – und meistens noch weitere Infos – findest du immer auf der jeweils folgenden Seite.
Am Ende werden alle Punkte zusammengezählt und in der großen Endabrechnung zeigt es sich dann: Bist du ein echter Champion?!
Natürlich kannst du versuchen die vielen Fragen allein zu lösen. Aber du musst nicht. Wenn du dieses Buch zusammen mit anderen Fußball-Fans liest, könnt ihr gegenseitig euer Wissen testen. Die Fragen eignen sich aber auch, um ein richtiges Fußball-Quiz zu veranstalten. Trommle an einem regnerischen Tag, wenn ihr draußen nicht Fußball spielen könnt, deine Freunde zusammen. Einer ist der Quizmaster, die anderen raten in zwei oder mehr Gruppen

um die Wette. Nach jeder Quizrunde ist ein anderer der Quizmaster, damit jeder mal sein Wissen zeigen kann.

So, genug der Vorrede. Jetzt geht's los. Die Rätsel-Kicker wünschen dir viel Spaß!

Hamburg, im Oktober 2003

Erste Quizrunde – Bundesliga und DFB-Pokal

Bekannte Spieler und Trainer

FRAGEN

1. Welcher Bundesligatorwart brach zu Beginn der Saison 2003/04 den Rekord von Oliver Kahn und blieb 884 Minuten unbezwungen? (⚽⚽)

2. Zu welchen beiden Bundesligavereinen wechselten im Sommer 2003 die Zwillingsbrüder Hamit und Halil Altintop vom Regionaligisten SG Wattenscheid 09? (Für jeden Verein ein ⚽, maximal also ⚽⚽.)

3. Welcher Bundesligatrainer wurde 2003 zum Trainer des Jahres gewählt? (⚽⚽)

4. Welcher Mittelfeldspieler wird »Brazzo« genannt? (⚽⚽)

ANTWORTEN

1. *Timo Hildebrand gelang dieses Kunststück. Erst am 9. Spieltag erzielte der Bremer Angelos Charisteas einen Treffer gegen den Torwart des VfB Stuttgart. Die Schwaben siegten trotzdem mit 3 : 1 im Weser-Stadion.*

2. *Halil Altintop spielt in der Saison 2003/04 beim 1. FC Kaiserslautern, sein Zwillingsbruder Hamit beim FC Schalke 04.*

3. *Felix Magath vom VfB Stuttgart wurde 2003 zum Trainer des Jahres gewählt. Damit wurde seine Leistung gewürdigt, mit einer jungen No-Name-Mannschaft in der Saison 2002/03 die Vizemeisterschaft errungen zu haben. Dabei ließ der VfB Stuttgart unter anderem die Millionentruppe von Borussia Dortmund hinter sich.*

4. *Hasan Salihamidzic trägt den Spitznamen »Brazzo«, was so viel heißt wie »Bürschchen«.*

5. Zum Ende der Saison 2002/03 beendeten Stefan Effenberg und Mario Basler ihre Bundesligakarrieren. In welches Land wanderten die beiden aus, um sich dort ihre alten Knochen vergolden zu lassen? (⚽)

a) Katar

b) Tonga

c) Samoa

6. Wie wurde Nationalteamchef Rudi Völler früher genannt? (⚽)

a) Onkel Rudi

b) Tante Käthe

c) Räuber Hotzenplotz

7. Welcher der folgenden Bundesligaspieler ist kein Brasilianer? (⚽)

a) Zé Roberto

b) Dede

c) Rodolfo Esteban Cardoso

d) Luizao

8. Welcher Trainer kehrte nach acht Jahren Spanienaufenthalt in die Bundesliga zurück und welchen Verein trainiert er in der Saison 2003/04? (Für den Namen und den Verein je einen ⚽, maximal also ⚽⚽.)

5. *Antwort a) ist richtig.*

6. *Antwort b) ist richtig. Wegen seiner grauen Lockenmähne, die früher etwas länger war, wurde Rudi Völler »Tante Käthe« genannt. Zuweilen trug er auch den Spitznamen »Grauer Wolf«.*

7. *Antwort c) ist richtig. Rodolfo Esteban Cardoso vom Hamburger SV ist Argentinier.*

8. *Jupp Heynckes kehrte am 1. Juli 2003 nach Deutschland zurück und trainiert seitdem die Mannschaft des FC Schalke 04. 1995 hatte er Eintracht Frankfurt Richtung Spanien verlassen. Dort trainierte er unter anderem die Mannschaft von Real Madrid, mit der er 1998 die Champions League gewann. Zuletzt war er Trainer von Athletico Bilbao.*

9. Welche beiden Spieler waren in der Saison 2002/2003 Torschützenkönige der 1. Bundesliga? (Für jeden richtigen Namen ein ⚽, maximal also ⚽⚽.)

10. Wer war in der Saison 2002/03 der längste Spieler der Bundesliga? (⚽)

a) Frank Rost

b) Simon Jentzsch

c) Jan Koller

11. Im Januar 2003 wechselte ein japanischer Nationalspieler in die 1. Bundesliga. Wie heißt er und bei welchem Verein spielt er? (Ein ⚽ für den Nachnamen, ein ⚽ für den Vornamen, ein ⚽ für den Verein, maximal also ⚽⚽⚽.)

12. Ebenfalls im Januar 2003 kam ein chinesischer Nationalspieler zum TSV München 1860. Wie heißt er? (⚽)

a) Jiayi Shao

b) Feng Shui

c) Chi Gong

13. Wie heißt der große Bruder des ehemaligen Nationalspielers Uli Hoeneß? (⚽⚽)

9. *Giovane Elber und Thomas Christiansen teilten sich in der Saison 2002/03 die Torjägerkanone mit jeweils 21 Treffern.*

10. *Antwort c) ist richtig. Jan Koller von Borussia Dortmund ist mit 2,02 Meter nicht nur der größte Spieler, sondern mit 100 Kilogramm zugleich auch der schwerste Brocken.*

11. *Naohiro Takahara kam im Januar 2003 unter großem Presserummel zum Hamburger SV.*

12. *Antwort a) ist richtig.*

13. *Dieter Hoeneß, ebenfalls ehemaliger Nationalspieler, ist heute Manager von Hertha BSC Berlin.*

14. Welcher heutige Bundesligatrainer wurde als Spieler zwischen 1980 und 1990 siebenmal Deutscher Meister? (⚽⚽⚽)

15. Welcher ehemalige deutsche Nationalspieler kehrte zur Saison 2003/04 nach über vier Jahren in der englischen Premier League in die 1. Bundesliga zurück? (⚽⚽⚽)

16. In welches Land wechselte 2003 der ehemalige Nationalspieler Jörg Albertz vom Hamburger SV? (⚽)

a) Südkorea

b) Mongolei

c) China

17. Am letzten Spieltag der Saison 2002/03 schoss er mit seinem Tor Eintracht Frankfurt in die 1. Bundesliga zurück. Wie heißt dieser Spieler? (⚽)

a) Uwe Bindewald

b) Alexander Schur

c) Henning Bürger

18. Aus welchen afrikanischen Ländern kommen die folgenden Spieler von Borussia Mönchengladbach: a) Bradley Carnell, b) Pascal Ojigwe, c) Lawrence Aidoo? (Für jedes richtige Land bekommst du zwei ⚽⚽, also maximal ⚽⚽⚽⚽⚽⚽.)

14. *Klaus Augenthaler wurde in seiner aktiven Zeit siebenmal mit dem FC Bayern München Deutscher Meister: 1980, 1981, 1985, 1986, 1987, 1989 und 1990.*

15. *Steffen Freund wechselte 2003 nach vier Jahren bei Tottenham Hotspur zum 1. FC Kaiserslautern.*

16. *Antwort c) ist richtig. Jörg Albertz, der auf der Ersatzbank des Hamburger SV versauerte, wechselte 2003 ablösefrei zum chinesischen Club Shanghai Shenhua.*

17. *Antwort b) ist richtig. Im Zweitligaspiel der Frankfurter Eintracht gegen SSV Reutlingen schoss Alexander Schur in der Nachspielzeit das 6:3. Damit waren die Frankfurter um ein einziges Tor besser als der punktgleiche Konkurrent Mainz 05 und stieg als Tabellendritter in die 1. Liga auf.*

18. *a) Bradley Carnell stammt aus Südafrika, b) Pascal Ojigwe ist Nigerianer, c) Lawrence Aidoo kommt aus Ghana.*

19. Welche beiden Torwarte erzielten jeweils ein Bundesligator aus dem Spiel heraus? (⚽)

a) Jens Lehmann und Frank Rost

b) Oliver Kahn und Jörg Butt

c) Andreas Reinke und Timo Hildebrand

20. Wer war zwischen 1993 und 2003 der erfolgreichste Bundesligatrainer? (⚽⚽)

21. Wer war am Ende der Saison 2002/03 der dienstälteste Spieler beim FC Bayern München? (⚽)

a) Jens Jeremies

b) Alexander Zickler

c) Mehmet Scholl

22. Wie heißen die beiden georgischen Spieler des SC Freiburg, deren Namen jeweils auf »...vili« enden? (Für jeden ungefähr richtig ausgesprochenen Namen bekommst du einen ⚽, maximal also ⚽⚽.)

19. *Antwort a) ist richtig. Jens Lehmann köpfte in der Saison 1997/98 für Schalke 04 zum 2:2 gegen Borussia Dortmund ein. In der Bundesligageschichte war es das erste Torwarttor aus dem Spiel heraus. In der Saison 2001/02 gelang dasselbe Kunststück Frank Rost im Spiel Werder Bremen gegen Hansa Rostock, das 4:3 endete. Rost traf in diesem Spiel zum 3:3-Ausgleich für die Bremer.*

20. *Ottmar Hitzfeld war zwischen 1993 und 2003 der erfolgreichste Bundesligatrainer. Mit Borussia Dortmund wurde er 1995 und 1996 zweimal Deutscher Meister, 1997 errang er mit den Dortmundern den Champions-League-Titel und holte im selben Jahr auch noch den Weltpokal. Den FC Bayern München führte Hitzfeld 1999, 2000, 2001 und 2003 viermal zur deutschen Meisterschaft, 2000 und 2003 zweimal zum DFB-Pokal-Sieg und 2001 zum Champions-League-Gewinn sowie zum Weltpokalsieger. Darüber hinaus gewannen die Bayern unter Hitzfeld zweimal den Ligapokal (1999, 2000).*

21. *Antwort c) ist richtig. Mehmet Scholl spielt seit 1992 für die Bayern. Jens Jeremies dagegen wechselte erst 1998 von den Münchener Löwen zu den Bayern. Wesentlich länger als Jeremies ist Alexander Zickler beim FC Bayern München: Er kam 1993 von Dynamo Dresden.*

22. *Levan Tskitishvili und Alexander Iashvili.*

23. Welcher Spieler des SV Werder Bremen verbirgt sich hinter dem Spitznamen »Kugelblitz«? (⚽⚽)

24. Wer ist in der Saison 2003/04 der dienstälteste Trainer bei einem Verein der 1. Bundesliga? (⚽⚽)

25. Bei welchen vier Vereinen war Matthias Sammer als Fußballprofi aktiv?
(Für jeden richtig genannten Verein bekommst du einen ⚽, maximal also ⚽⚽⚽⚽.)

26. Für welchen Bundesligaverein hat Ottmar Hitzfeld früher gespielt? (⚽)
a) 1. FC Nürnberg
b) VfB Stuttgart
c) SC Freiburg

23. *Ailton trägt den Spitznamen »Kugelblitz«, weil er trotz seiner runden Körperstatur unglaublich antrittsschnell ist. Auf Grund der Schnelligkeit erzielte er in der Saison 2002/03 16 Tore und bereitete zehn Treffer vor. Damit rangierte Ailton in der so genannten Scorerliste mit 26 Punkten auf dem zweiten Platz hinter Giovane Elber, der mit 21 Toren und sechs Torvorbereitungen auf 27 Punkte kam.*

24. *Volker Finke, der seit 1. Juli 1991 dem SC Freiburg treu ist und trotz zweier Abstiege in die 2. Liga 1997 und 2002 nicht gefeuert wurde oder von selbst das Handtuch warf.*

25. *Matthias Sammer spielte bei Dynamo Dresden, VfB Stuttgart, Inter Mailand und Borussia Dortmund. In dieser Zeit bestritt er 51 A-Länderspiele und in seiner Zeit bei Dynamo Dresden 23 DDR-Länderspiele.*

26. *Antwort b) ist richtig. In der Saison 1977/78 bestritt Ottmar Hitzfeld 22 Bundesligaspiele für die Stuttgarter. Die meiste Zeit als aktiver Spieler verbrachte er jedoch in der Schweiz beim FC Basel, FC Lugano und FC Luzern.*

27. Welcher Trainer sammelte die meisten Bundesliga-Meistertitel ein? (⚽)
a) Ottmar Hitzfeld
b) Hennes Weisweiler
c) Udo Lattek

28. Das ist Rekord: Nach nur zwei Bundesligaspielen für Hertha BSC Berlin machte er 2002 sein erstes Länderspiel für Deutschland. Er spielt in der Abwehr. Wer ist dieser Spieler? (⚽⚽⚽)

29. Statt der südafrikanischen nahm er die deutsche Staatsbürgerschaft an, um für Deutschland spielen zu können. Doch daraus wurde nichts: Nicht ein einziges Länderspiel bestritt er für Deutschland. Bis zur Saison 2002/03 spielte er beim VfB Stuttgart. Welcher Spieler ist hier gemeint? (⚽⚽⚽)

30. 20 Länderspiele hat er bis zum September 2003 absolviert und wurde als das größte Talent im deutschen Fußball gehandelt. 2002 wechselte er von Hertha BSC Berlin zum FC Bayern München. Doch dort legte ihn eine schwere Knieverletzung lahm, sodass er in der Saison 2002/03 auf nur acht Bundesligaeinsätze kam. Er gilt als sensibler Einzelgänger. Von welchem Spieler ist die Rede? (⚽⚽⚽)

27. *Antwort c) ist richtig. Udo Lattek holte insgesamt achtmal den deutschen Meistertitel: 1972, 1973, 1974, 1985, 1986, 1987 mit dem FC Bayern München und 1976 und 1977 mit Borussia Mönchengladbach. Ottmar Hitzfeld kommt bis 2003 auf sechs Titel (zweimal mit Borussia Dortmund, viermal mit FC Bayern München), Hennes Weisweiler gewann den Meistertitel viermal: 1970, 1971 und 1975 mit Borussia Mönchengladbach, 1978 mit dem 1. FC Köln.*

28. *Arne Friedrich. Nach zwei Spielen für die Herthaner machte er 2002 beim Freundschaftsspiel gegen Bulgarien (2:2) sein erstes Länderspiel für Deutschland. Das hat selbst der »Kaiser« Franz Beckenbauer nicht geschafft: Er machte sein erstes Länderspiel erst nach sechs Bundesligaspielen.*

29. *Sean Dundee heißt der Pechvogel. Bis zur Saison 2002/03 spielte er für den VfB Stuttgart. 1996 wollte ihn Berti Vogts unbedingt für die deutsche Nationalmannschaft gewinnen. Dundee (genannt das »Krokodil«) biss an und verzichtete dafür auf eine Karriere in der südafrikanischen Nationalmannschaft.*

30. *Sebastian Deisler. Die Saison 2002/03 war für den Offensivkönner ein Seuchenjahr. Doch ihm wird auch vorgeworfen zu zimperlich mit sich selbst umzugehen und sich gegenüber der Mannschaft abzukapseln.*

31. Obwohl noch für die A-Jugend spielberechtigt, wurde er als 18-Jähriger 2003 mit den Profis des FC Bayern München Deutscher Meister. Auf immerhin 14 Einsätze brachte er es in der Saison 2002/03 und schoss sogar zwei Tore im DFB-Pokal-Wettbewerb. Wie heißt dieser Spieler? (⚽⚽⚽)

32. Das Brüderpaar kam über TuS Haltern und Preußen Münster zu Borussia Dortmund, der Ältere im Jahr 2000, der Jüngere 2003. Der Ältere wurde 2002 mit der Nationalmannschaft Vizeweltmeister. Beide spielen in der Abwehr. Welches Brüderpaar ist gemeint? (⚽⚽⚽)

33. Welcher Spieler wurde in Deutschland zum Fußballer des Jahres 2002/03 gewählt? (⚽⚽)

31. *Bastian Schweinsteiger. Er gilt als Beispiel dafür, dass die Talentförderung gut funktioniert. Doch der Shootingstar des FC Bayern München erlebte auch Alptraumhaftes: Als Mitfavorit für die U19-EM gehandelt, schied die deutsche Mannschaft bereits in der Qualifikation aus.*

32. *Christoph und Malte Metzelder. Während Christoph Metzelder sich längst als Stammspieler bei Borussia Dortmund und in der Nationalmannschaft durchgesetzt hat, muss sich sein jüngerer Bruder erst noch seine Lorbeeren verdienen. An Körpergröße übertrifft er mit 1,95 Meter seinen älteren Bruder bereits.*

33. *Michael Ballack wurde wie schon im Jahr 2002 auch 2003 zum Fußballer des Jahres gewählt.*

Bundesligavereine

FRAGEN

34. Welcher Verein wurde erster Deutscher Meister nach Einführung der Bundesliga? (⚽)

a) 1. FC Köln

b) FC Bayern München

c) Borussia Mönchengladbach

35. Welcher Verein ist als einziger von Anfang an in der 1. Bundesliga? (Stand Oktober 2003) (⚽⚽)

36. Zu Beginn der Saison 2002/03 hatte das Team des FC Bayern München einen Spitznamen. Welchen? (⚽)

a) Edelweißkicker

b) Weißbierbolzer

c) weißes Ballett

37. VfB Stuttgart: Wofür ist VfB die Abkürzung? (⚽)

a) Verein für Bewegungsspiele

b) Verein für Breitbandsport

c) Verein für Ballermänner

34. *Lösung a) ist richtig. 1964 wurde der 1. FC Köln erster Bundesliga-Meister. FC Bayern München und Borussia Mönchengladbach spielten zu der Zeit noch in der Regionalliga und stiegen erst 1965 in die höchste Klasse auf.*

35. *Hamburger SV. 1996 mussten zwei Vereine in die 2. Liga absteigen, die ebenfalls von Anfang an dabei gewesen waren: Eintracht Frankfurt und 1. FC Kaiserslautern. 1998 folgte mit dem 1. FC Köln der vorletzte Bundesliga-Dino, der allerdings wie die Lauterer und Eintracht Frankfurt inzwischen wieder in die Bundesliga aufgestiegen ist.*

36. *Antwort c) ist richtig. In der ersten Hälfte der Saison 2002/03 spielten die ganz in Weiß gekleideten Bayern ihre Gegner meistens schwindelig und siegten mit der Leichtigkeit einer Balletttruppe. In der Champions League jedoch versagten die Bayern mit ihren Ballettkünsten kläglich und schieden bereits in der Vorrunde mit nur einem Pünktchen als Letzter ihrer Gruppe aus.*

37. *Antwort a) ist richtig.*

38. Ordne folgenden Tieren die dazu passenden Vereine zu: (Für jede richtige Antwort bekommst du einen ⚽, maximal also ⚽⚽⚽.)
Die »Löwen« – Die »Wölfe« – Die »Geißböcke«

39. Wer sind die »Roten Teufel«? (⚽)

40. Am 6. April 2001 stellte der FC Energie Cottbus im Bundesligaspiel gegen VfL Wolfsburg einen kuriosen Rekord auf. Worin bestand dieser Rekord? (⚽)
a) Cottbus trat mit zehn Stürmern an und schoss Wolfsburg mit 9:3 ab.
b) Alle 14 eingesetzten Cottbuser Spieler waren Ausländer.
c) Die Cottbuser stellten sich mit zehn Abwehrspielern samt Torwart auf die Torlinie und ermauerten sich auf diese Weise ein 0:0.

41. In der Saison 2002/03 versuchten insgesamt drei Trainer ihr Glück bei Bayer 04 Leverkusen. Wie lauten ihre Namen? (Für jeden richtigen Namen bekommst du einen ⚽, maximal also ⚽⚽⚽.)

42. Achtung: Wer spielt gegen wen, wenn es heißt: »Königsblaue« gegen »Knappen«? (⚽⚽)

38. *Die Sechziger aus München sind die Löwen, weil ein Löwe ihr Vereinswappen ziert. Die Wölfe spielen natürlich beim VfL Wolfsburg und der 1. FC Köln hat einen Geißbock im Vereinswappen.*

39. *Der 1. FC Kaiserslautern, dessen Mannschaft häufig ganz in Rot spielt.*

40. *Antwort b) ist richtig. In der Saison 2000/01 traten die Cottbuser gegen den VfL Wolfsburg in der Startaufstellung mit drei Bosniern, zwei Ungarn und je einem Spieler aus Albanien, Polen, Kroatien, Rumänien, Brasilien und dem Benin an.*

41. *Trainer Klaus Toppmöller musste Bayer 04 Leverkusen am 16. 2. 2003 wegen Erfolglosigkeit verlassen. Der neue Übungsleiter Thomas Hörster wurde bereits nach drei Monaten wieder entlassen. Klaus Augenthaler wurde schließlich am 3. Mai 2003 als inzwischen dritter Trainer der Saison 2002/03 engagiert und schaffte es tatsächlich, die Leverkusener vor dem fast schon sicheren Abstieg noch zu retten.*

42. *Der FC Schalke 04 würde gegen sich selbst spielen. Die Spieler werden sowohl »die Knappen« als auch »die Königsblauen« genannt.*

43. Welcher Verein machte in den siebziger Jahren als »Fohlenelf« Furore? (⚽⚽⚽)

44. Welcher Verein holte die wenigsten Punkte innerhalb einer Bundesligasaison? (⚽)

a) Tasmania 1900 Berlin

b) Fortuna Köln

c) VfB Leipzig

45. Bei welchem Verein ist der Papst eingeschriebenes Mitglied? (⚽)

a) 1. FC Köln

b) Preußen Münster

c) FC Schalke 04

46. Welcher Verein führt die ewige Tabelle der Bundesliga an? (⚽)

a) SV Werder Bremen

b) Hamburger SV

c) FC Bayern München

47. Welche Mannschaft wurde 2002 zum »Weltpokalsieger-Besieger«? (⚽)

a) FC St. Pauli

b) Hannover 96

c) Arminia Bielefeld

43. *Borussia Mönchengladbach, das mit einer sehr jungen Mannschaft vier Meistertitel (1970, 71, 76, 77), einen Pokalsieg (1973) und zwei UEFA-Cup-Siege (1975 und 79) holte.*

44. *Antwort a) ist richtig. In der Saison 1965/66 spielte Tasmania 1900 Berlin das erste und letzte Mal in der 1. Liga. Am Saisonende hatte die Mannschaft ganze zehn Punkte gesammelt bei dem sagenhaften Torverhältnis von 15:108.*

45. *Lösung c) ist richtig: Schalke 04*

46. *Antwort c) ist richtig. Die Bayern führen die ewige Tabelle (bis zum Ende der Saison 2002/03) mit 2464 Punkten an, bei einem Torverhältnis von 2776 : 1543 aus 1296 Spielen. Zweiter ist der Hamburger SV mit 2052 Punkten bei einem Torverhältnis von 2286 : 1924 aus 1356 Spielen. Dritter ist der SV Werder Bremen mit 2006 Punkten und einem Torverhältnis von 2176 : 1888.*

47. *Antwort a) ist richtig. Der FC St. Pauli besiegte in der Saison 2001/02 den frisch gebackenen Champions-League-Gewinner und Weltpokalsieger mit 2:1. Leider mussten die St. Paulianer trotz dieser grandiosen Leistung am Ende der Saison in die 2. Liga absteigen.*

48. Welcher Verein gehört nicht in folgende Reihe? (⚽)
a) Hertha BSC Berlin
b) Alba Berlin
c) Tennis Borussia Berlin
d) FC Union Berlin

49. Welcher Verein vollbrachte in der Saison 1997/98 die bislang einmalige Leistung, als Aufsteiger in die Bundesliga gleich Deutscher Meister zu werden? (⚽)
a) Borussia Mönchengladbach
b) TSV München 1860
c) 1. FC Kaiserslautern

50. Welcher Verein stieg am häufigsten in die 1. Bundesliga auf? (⚽)
a) Vfl Bochum
b) Arminia Bielefeld
c) Hannover 96

51. Wie viele Vize-Titel holte Bayer 04 Leverkusen in der Saison 2001/02? (⚽⚽)

52. Wie oft stieg der FC Schalke 04 aus der 1. Bundesliga ab? (⚽)
a) einmal
b) dreimal
c) fünfmal

48. *Lösung b) ist richtig. Alba Berlin ist ein Basketballverein, die drei anderen sind Fußballvereine.*

49. *Antwort c) ist richtig. Der 1. FC Kaiserslautern ließ im Aufstiegsjahr 1997/98 sogar die Münchener Bayern hinter sich und wurde als Aufsteiger Deutscher Meister. Dies hatten die Lauterer auch ihrem Trainer Otto Rehhagel zu verdanken, der zuvor noch die Bayern trainiert hatte und dort entlassen worden war.*

50. *Antwort b) ist richtig. Sechsmal stiegen die Bielefelder in die 1. Liga auf: 1970, 1978, 1980, 1996, 1998, 2002. Allerdings stiegen sie ebenso oft auch wieder ab, zuletzt in der Saison 2002/03. Damit nehmen sie die Spitzenposition unter den Absteigern ein, gemeinsam mit dem 1. FC Nürnberg, der in der Saison 2002/03 ebenfalls zum sechsten Mal absteigen musste.*

51. *Es waren drei: Vizemeister, Vizepokalsieger, Vizegewinner der Champions League.*

52. *Antwort b) ist richtig. Die Schalker waren in den Achtzigerjahren eine echte Fahrstuhlmannschaft: 1981, 1983 und 1988 stiegen sie in die 2. Liga ab, ehe sie wieder zum festen Bestandteil der 1. Bundesliga wurden.*

53. In welchem Jahr wurde München 60 gegründet? (⚽)

54. Welche Bundesligamannschaft hält den Rekord, in Punktspielen am längsten ungeschlagen geblieben zu sein? (⚽)

a) Borussia Dortmund

b) Hamburger SV

c) FC Bayern München

55. In Deutschland gibt es einen Verein, der nur »der Club« genannt wird. Welcher Verein ist das? (⚽⚽)

56. Welches Tier ziert das Vereinswappen von Eintracht Frankfurt? (⚽⚽)

53. *Nein, nicht etwa 1960 – natürlich ist 1860 das Gründungsjahr der Münchner Löwen.*

54. *Lösung b) ist richtig. Der Hamburger SV blieb zwischen 17.1.1982 und 28.1.1983 in 36 Bundesligaspielen hintereinander ohne Niederlage.*

55. *Der 1. FC Nürnberg. Dieser traditionsreiche Verein gewann 1935 als erster den neu geschaffenen DFB-Pokal, als er den FC Schalke 04 im Finale mit 2:0 besiegen konnte.*

56. *Im Vereinswappen der Frankfurter Eintracht ist ein Adler abgebildet.*

Bundesliga – Verschiedenes

FRAGEN

57. Welche sieben Bundesligavereine haben sich zur Saison 2003/04 für die Champions League und den UEFA-Cup qualifiziert? (Alle Antworten richtig = ⚽⚽⚽, ein Fehler = ⚽⚽, zwei Fehler = ⚽.)

58. In welchem Jahr wurde die Bundesliga eingeführt? (⚽)
a) 1950
b) 1896
c) 1963

59. Welcher Verein wurde seit Bestehen der Bundesliga am häufigsten Deutscher Meister? (⚽)
a) Borussia Dortmund
b) Borussia Mönchengladbach
c) FC Bayern München

ANTWORTEN

57. *FC Bayern München und VfB Stuttgart haben sich als Meister und Vizemeister für die Champions League qualifiziert, Borussia Dortmund, Hamburger SV, Hertha BSC Berlin als Tabellendritter bis Tabellenfünfter, der FC Schalke 04 über den UI-Cup und der 1. FC Kaiserslautern als DFB-Pokal-Finalteilnehmer für den UEFA-Cup. Insgesamt also sieben Mannschaften. Alle gewusst?*

58. *Lösung c) ist richtig: Vor 1963 gab es die Oberliga Nord und die Oberliga Süd. Die jeweils Erstplatzierten dieser beiden Ligen spielten in einem Finale um den deutschen Meistertitel.*

59. *Antwort c) ist richtig. Die Bayern gewannen seit Bestehen der Bundesliga den Meistertitel 17-mal: 1969, 1972, 1973, 1974, 1980, 1981, 1985, 1986, 1987, 1989, 1990, 1994, 1997, 1999, 2000, 2001 und 2003. Ihren allerersten Meistertitel feierten die Bayern bereits 1932, sodass sie auf insgesamt 18 Meistertitel kommen.*

60. Was ist der höchste Sieg seit Bestehen der Bundesliga? (⚽)

a) 9:3

b) 11:1

c) 12:0

61. Wie heißt zu Beginn der Saison 2003/04 der einzige österreichische Trainer der 1. Bundesliga und welche Mannschaft trainiert er? (Je richtiger Antwort ein ⚽, maximal also ⚽⚽.)

62. Welchen fünf Vereinen gelang bis zur Saison 2002/03 das Kunststück, von der Regionalliga bis in die 1. Bundesliga durchzumaschieren? (Für jeden richtig genannten Verein bekommst du einen ⚽, also maximal ⚽⚽⚽⚽⚽.)

63. Bei welchem Verein aus der 1. Bundesliga spielt der Schweizer Nationaltorhüter und wie heißt er? (Für jede richtige Antwort bekommst du einen ⚽, maximal also ⚽⚽.)

64. Was bedeutet der Vereinsname »Borussia«? (⚽)

a) Preußen

b) Name einer Firma

c) Trinkspruch im Ruhrgebiet

60. *Lösung c) ist richtig. Am 29. 4. 1978 gewann Borussia Mönchengladbach mit 12:0 gegen Borussia Dortmund. Aber auch die anderen Ergebnisse hat es gegeben:*
FC Bayern München – Borussia Dortmund 11:1
(Saison 71/72)
Borussia Dortmund – Arminia Bielefeld 11:1
(Saison 82/83)
Borussia Dortmund – 1. FC Kaiserslautern 9:3
(Saison 63/64).

61. *Kurt Jara war vom 4. 10. 2001 bis zum 22. 10. 2003 Trainer beim Hamburger SV.*

62. *Den Durchmarsch von der Regionalliga in die 1. Bundesliga schafften bisher der TSV 1860 München, Fortuna Düsseldorf, Arminia Bielefeld, der 1. FC Nürnberg und SSV Ulm 46.*

63. *Der Schweizer Nationaltorhüter Jörg Stiel spielt seit 2001 bei Borussia Mönchengladbach.*

64. *Lösung a) ist richtig. Borussia kommt aus dem Lateinischen und bedeutet »Preußen«.*

65. Von welchem Bundesligaverein wechselte 2002 der Schweizer Nationalspieler Ciriaco Sforza zum 1. FC Kaiserslautern? (⚽)

a) vom FC Schalke 04

b) vom FC Bayern München

c) vom TSV München 1860

66. Welche Vereine stiegen 2003 in die 1. Bundesliga auf? (Für jeden richtig genannten Klub bekommst du einen ⚽, maximal also ⚽⚽⚽.)

67. Wie qualifizieren sich die sechs Vereine, die am DFB-Liga-Pokal teilnehmen, der jedes Jahr vor dem Beginn der Saison ausgetragen wird? (⚽⚽)

68. In welchem Jahr wurde der DFB-Liga-Pokal erstmals ausgetragen? (⚽⚽)

69. Welcher Verein gewann als erster diesen Pokal? (⚽⚽)

65. *Antwort b) ist richtig. Sforzas erster Bundesligaverein war der 1. FC Kaiserslautern. Von dort wechselte er zu den Bayern und 2002 wieder zurück zu den Lauterern.*

66. *SC Freiburg, 1. FC Köln und Eintracht Frankfurt.*

67. *Die ersten fünf der Bundesliga-Abschlusstabelle sowie der DFB-Pokal-Sieger sind für den Liga-Pokal qualifiziert. Falls der DFB-Pokal-Sieger unter den ersten fünf der Abschlusstabelle rangiert, rückt der Nächstplatzierte nach. Da Bayern München Pokal-Sieger war und Werder Bremen, Schalke 04 und VfL Wolfsburg im UI-Cup spielen mussten, rutschte 2003 der VfL Bochum als Tabellenneunter noch in den Liga-Pokal. Neben den Bayern waren die weiteren Teilnehmer 2003: VfB Stuttgart, Borussia Dortmund, Hamburger SV und Hertha BSC Berlin.*

68. *Der DFB-Liga-Pokal wurde erstmals im Juli 1997 ausgetragen.*

69. *Die Münchner Bayern. Sie besiegten im Finale den VfB Stuttgart mit 2:0.*

70. Welche beiden weiteren Vereine gewannen zwischen 2001 und 2003 den DFB-Liga-Pokal? (Für jeden richtigen Verein ein ⚽, maximal also ⚽⚽.)

71. Welcher Verein war der erste Tabellenführer in der Saison 2002/03 und stieg trotzdem ab? (⚽)

a) Arminia Bielefeld

b) 1. FC Nürnberg

c) FC Energie Cottbus

72. 1998 wurde erstmals ein Bundesligastadion nach einem Sponsor benannt. Welches Stadion war das? (⚽)

a) AOL-Arena (Hamburg)

b) AWD-Arena (Hannover)

c) BayArena (Leverkusen)

73. Welcher Bundesligaverein hat in der Saison 2003/04 das größte Stadion? (⚽⚽)

74. Nach welchem ehemaligen deutschen Nationalspieler ist ein Bundesligastadion benannt und in welcher Stadt steht es? (Für Spieler und Stadt je einen ⚽, maximal also ⚽⚽.)

70. *Nachdem die Bayern viermal hintereinander (1997 bis 2000) den Liga-Pokal gewonnen hatten, hielt ihn 2001 und 2002 die Mannschaft von Hertha BSC Berlin in den Händen und 2003 der Hamburger SV.*

71. *Antwort a) ist richtig. Trotz überraschender Tabellenführung nach dem ersten Spieltag der Saison 2002/03 mussten die Bielefelder am Ende mit 36 Punkten die 1. Liga verlassen. Ebenso erging es in der Saison 1997/98 dem Karlsruher SC und in der Saison 1998/99 Borussia Mönchengladbach: erster Tabellenführer und am Ende der Abstieg in die 2. Liga.*

72. *Antwort c) ist richtig. 1998 wurde das frühere Leverkusener Ulrich-Haberland-Stadion nach dem Sponsor Bayer umbenannt. Es folgten im Jahr 2000 die AOL-Arena in Hamburg und 2002 die AWD-Arena in Hannover.*

73. *Das Westfalenstadion in Dortmund ist die größte Fußballarena der Bundesliga. Sie fasst 83 000 Zuschauer, davon 67 000 Sitzplätze, wobei alle Plätze überdacht sind.*

74. *Das Fritz-Walter-Stadion in Kaiserslautern ist nach dem ehemaligen Nationalspieler benannt. Er war der Spielführer der Weltmeistermannschaft von 1954 und hat beim 1. FC Kaiserslautern gespielt.*

75. Nenne die drei deutschen Fußballvereine, die in einem Olympiastadion spielen. (Für jeden richtigen Verein gibt es einen ⚽.)

76. Welchen Verein verbindest du mit der »Hansekogge«? (⚽)

77. Außer Jörg Stiel und Ciriaco Sforza spielen in der Saison 2003/04 noch fünf weitere Schweizer Nationalspieler in der 1. Bundesliga. Wie heißen sie? (Für jeden richtig genannten Spieler bekommst du einen ⚽, also maximal ⚽⚽⚽⚽⚽.)

78. Welcher Bundesligaverein wird als »Alte Dame« bezeichnet? (⚽⚽)

79. Vier österreichische Nationalspieler sind in der Saison 2003/04 beim TSV 1860 München unter Vertrag. Wie heißen sie? (Für jeden richtig genannten Namen bekommst du einen ⚽, maximal also ⚽⚽⚽⚽.)

80. Welches war bis Ende 2003 der teuerste Einkauf eines Spielers in der Bundesliga? (⚽)

a) Tomás Rosicky

b) Roy Makaay

c) Marcio Amoroso

75. *Hertha BSC Berlin spielt im Berliner Olympia-Stadion, FC Bayern München und TSV 1860 München spielen im Münchner Olympia-Stadion.*

76. *FC Hansa Rostock hat eine Kogge – ein altes, dickbauchiges Segelschiff – im Vereinswappen.*

77. *Bruno Berner vom SC Freiburg, Blaise N'Kufo von Hannover 96, Remo Meyer vom TSV München 1860, Ludovic Magnin vom SV Werder Bremen, Raphael Wicky vom Hamburger SV.*

78. *Hertha BSC Berlin, weil Hertha ein Frauenname ist.*

79. *Martin Stranzl in der Abwehr, Harald Cerny und Markus Weissenberger im Mittelfeld und Marcus Pürk im Sturm.*

80. *Antwort c) ist richtig. Marcio Amoroso kam für schlappe 25 Millionen Euro 2001 zu Borussia Dortmund. Roy Makaay kostete 2003 die Münchener Bayern 18,75 Millionen Euro, und Tomás Rosicky wechselte 2001 für 14,8 Millionen Euro zu den Dortmundern.*

81. Zu Beginn der 1. Bundesliga, am 24. August 1963, standen lediglich drei ausländische Profis auf den Plätzen. Was schätzt du, wie viele ausländische Profis 40 Jahre später, also im August 2003, auf den 18 Bundesligaplätzen standen? (⚽)

a) 145 von 248 eingesetzten Spielern

b) 96 von 248 eingesetzten Spielern

c) 60 von 248 eingesetzten Spielern

81. *Antwort a) ist richtig: 145 ausländische Profis von insgesamt 248 eingesetzten Spielern standen zu Beginn der Saison 2003/04 auf den Bundesligaplätzen. Das ist mehr als die Hälfte oder, falls du etwas mit Prozentrechnung anfangen kannst, 58,5 %. Fußballer aus 58 Nationen vergrößerten uns die Freude am Zuschauen, die meisten davon aus Brasilien mit 20 Spielern, gefolgt von Kroatien mit 17 Spielern, Tschechien mit 14, Argentinien und Dänemark mit je zehn Spielern.*

DFB-Pokal

FRAGEN

82. Was bedeutet die Abkürzung DFB? (⚽)

83. Welcher damalige Zweitligist wurde 1992 DFB-Pokalsieger? (⚽)
a) Kickers Offenbach
b) Hannover 96
c) FC Energie Cottbus

84. Welcher Verein gewann als Zweitligist erstmals den DFB-Pokal? (⚽⚽)
a) Kickers Offenbach
b) Hannover 96
c) Energie Cottbus

85. Welcher Verein ist der erfolgreichste DFB-Pokalteilnehmer? (⚽)
a) 1. FC Nürnberg
b) FC Bayern München
c) Borussia Dortmund

86. Seit wann wird der DFB-Pokal ausgespielt? (⚽)
a) seit 1935
b) seit 1985
c) seit 1885

ANTWORTEN

82. *Deutscher Fußballbund*

83. *Lösung b) ist richtig. Auf dem Weg ins Finale besiegte Hannover 96 den VfL Bochum, Borussia Dortmund, Bayer Uerdingen, Karlsruher SC und SV Werder Bremen. Das Finale gewann Hannover gegen Borussia Mönchengladbach mit 4:3 nach Elfmeterschießen.*

84. *Antwort a) ist richtig. 1970 gewann Kickers Offenbach gegen den 1. FC Köln mit 2:1. Das war eine riesige Sensation, denn für die Kölner schien der Finalsieg damals nur eine reine Formsache zu sein.*

85. *Antwort b) ist richtig. Die Bayern kommen auf 13 Finalteilnahmen und 11 Pokalsiege: 1957, 1966, 1967, 1969, 1971, 1982, 1984, 1986, 1998, 2000, 2003.*

86. *Lösung a) ist richtig.*

87. Wer wurde erster DFB-Pokal-Sieger? (⚽)
a) FC Schalke 04
b) Hamburger SV
c) 1. FC Nürnberg

88. Welche Vereine bestritten das DFB-Pokalfinale 2003 und wer gewann den Pokal? (⚽⚽)

89. Hast du die DFB-Pokal-Trophäe vor Augen? Gut – was glaubst du, wie viele Liter Sekt oder Selters dort hineinpassen? (⚽)
a) vier Liter
b) acht Liter
c) zwanzig Liter

90. Den DFB-Pokal zweimal hintereinander zu gewinnen haben schon einige Mannschaften geschafft. Welchem Verein ist dieses Kunststück auch schon dreimal hintereinander gelungen? (⚽)
a) Eintracht Frankfurt
b) FC Schalke 04
c) keinem Verein

87. *Lösung c) ist richtig. Der 1. FC Nürnberg gewann das erste DFB-Pokal-Finale gegen FC Schalke 04 mit 2:0.*

88. *Der FC Bayern München besiegte den 1. FC Kaiserslautern leicht und locker mit 3:1.*

89. *Antwort b) ist richtig: Acht Liter passen in den DFB-Pokal hinein.*

90. *Antwort c) ist richtig. Noch ist es keinem Verein gelungen, den DFB-Pokal dreimal hintereinander zu gewinnen. Zuletzt den Pokal verteidigt hat der FC Schalke 04 in den Jahren 2001 und 2002. Den DFB-Pokal ebenfalls zweimal hintereinander gewinnen konnten: Fortuna Düsseldorf 1979 und 1980, der 1. FC Köln 1977 und 1978, Eintracht Frankfurt 1974 und 1975, FC Bayern München 1966 und 1967, Karlsruher SC 1955 und 1956 sowie der Dresdener SC 1940 und 1941.*

91. 1983 standen sich im DFB-Pokal-Finale das erste und bislang einzige Mal zwei Mannschaften aus einer Stadt gegenüber. Welche waren das? (⚽)

a) 1. FC Köln und Fortuna Köln
b) FC St. Pauli und Hamburger SV
c) Rot-Weiß Essen und Schwarz-Weiß Essen

92. 1993 zog erstmals eine Amateurmannschaft in ein DFB-Pokal-Finale ein. Welche Mannschaft war das? (⚽)

a) FC St. Pauli
b) die Amateure des FC Bayern München
c) die Amateure von Hertha BSC Berlin

93. Im Jahr 2001 kegelte im DFB-Pokal erstmals ein fünftklassiger Verein (SSV Ulm) einen Bundesligisten aus dem Wettbewerb. Welchen Verein traf dieses vernichtende Aus? (⚽)

a) FC Hansa Rostock
b) Bayer 04 Leverkusen
c) 1. FC Nürnberg

94. In welchem europäischen Wettbewerb spielt der DFB-Pokal-Sieger mit? (⚽⚽)

91. *Antwort a) ist richtig. Im DFB-Pokalfinale 1983 standen sich 1. FC Köln und der damalige Zweitligist Fortuna Köln gegenüber. Das Finale gewann der 1. FC Köln mit 1:0.*

92. *Lösung c) ist richtig. Die Hertha-Amateure spielten 1993 im Finale gegen den haushohen Favoriten Bayer 04 Leverkusen. Trotz beherzter Gegenwehr verloren sie das Spiel knapp mit 1:0.*

93. *Antwort c) ist richtig. Die Nürnberger verloren in der Saison 2001/02 in der ersten Runde 1:2 beim Landesligisten SSV Ulm. Die Ulmer waren ein Jahr zuvor in die Fünftklassigkeit verbannt worden, weil ihnen die Lizenz entzogen worden war.*

94. *Der DFB-Pokal-Sieger spielt im UEFA-Cup. 1999 war der Europa-Pokal der Pokalsieger zum letzten Mal ausgetragen worden. Seitdem sind die Pokalsieger der europäischen Länder für den attraktiveren UEFA-Cup qualifiziert.*

95. Wie du sicher weißt, findet das DFB-Pokal-Finale stets im Berliner Olympiastadion statt. Doch seit wann ist Berlin ständiger Austragungsort des DFB-Pokal-Finales? (⚽)

a) seit 1950

b) seit 1985

c) seit 1995

96. Wer erzielte in der DFB-Pokal-Geschichte die meisten Tore? (⚽)

a) Uwe Seeler

b) Jupp Heynckes

c) Gerd Müller

95. *Antwort b) ist richtig. Im ersten DFB-Pokalfinale 1985 im Berliner Olympiastadion schlug Bayer Uerdingen (jetzt: KFC Uerdingen) den FC Bayern München mit 2:1.*

96. *Antwort c) ist richtig. Gerd Müller, der übrigens im Jahr 2003 zum 40. Geburtstag der Bundesliga zum wertvollsten Spieler der letzten 40 Jahre gewählt wurde, war mit seinen Toren auch im DFB-Pokal einsame Spitze: In 64 Pokal-Spielen erzielte er 79 Tore. Wahrscheinlich uneinholbar für die nächsten 1 000 Jahre.*

Die Punktewertung

In dieser Rubrik konntest du insgesamt **172 Punkte** erreichen.

145 bis 172 Punkte:
Wahnsinn! Du hast dich als Meister für die Champions League qualifiziert. Herzlichen Glückwunsch!

100 bis 144 Punkte:
Toll! Du hast dich für den UEFA-Cup qualifiziert.

70 bis 99 Punkte:
Gut gemacht! Du darfst im UI-Cup mitspielen.

30 bis 69 Punkte:
Glück gehabt! Du bist dem Abstieg in die 2. Liga gerade noch einmal entronnen.

0 bis 29 Punkte:
Du hast die rote Laterne gewonnen. Der Abstieg in die 2. Bundesliga lässt sich daher leider nicht mehr vermeiden. Also dann: Viel Glück beim Wiederaufstieg!

Zweite Quizrunde – Fußballregeln, Technik und Taktik

Die Regeln

FRAGEN

1. Es gibt eine bestimmte Anzahl an Fußballregeln. Was meinst du: Wie viele sind es? (⚽)

a) 15
b) 17
c) 175

2. Welche Maße hat ein normales Fußballtor? (⚽⚽⚽)

3. Wie viele Spieler pro Mannschaft müssen bei einem Spiel auf dem Normal-Feld mindestens auflaufen, damit das Spiel angepfiffen werden kann? (⚽)

a) sieben
b) neun
c) elf

ANTWORTEN

1. *Antwort b) ist richtig. Es gibt folgende 17 Fußballregeln: Regel I : Das Spielfeld; Regel II: Der Ball; Regel III: Zahl der Spieler; Regel IV: Ausrüstung der Spieler; Regel V: Der Schiedsrichter; Regel VI: Die Schiedsrichter-Assistenten; Regel VII: Dauer des Spieles; Regel VIII: Beginn und Fortsetzung des Spiels; Regel IX: Ball in und aus dem Spiel; Regel X: Wie ein Tor erzielt wird; Regel XI: Abseits; Regel XII: Verbotenes Spiel und unsportliches Betragen; Regel XIII: Freistöße; Regel XIV: Strafstoß; Regel XV: Einwurf; Regel XVI: Abstoß; Regel XVII: Eckstoß.*

2. *Ein Fußballtor ist genau 7,32 Meter breit und 2,44 Meter hoch.*

3. *Antwort a) ist richtig. Seit der Saison 1997/98 ist diese Regelung neu. Sie lautet: »Das Spiel kann nicht beginnen, wenn eine der Mannschaften aus weniger als sieben Spielern besteht.« Bis dahin mussten mindestens acht Spieler pro Mannschaft auflaufen. Bei einem Klein-Feld mit Siebener-Mannschaften müssen mindestens fünf Spieler antreten.*

4. In den Fußballregeln steht auch, wie der Ball beschaffen sein muss. Weißt du, wie schwer ein Jugendfußball sein darf? Schätzen ist natürlich erlaubt. (⚽⚽⚽)

5. Der Rechtsaußen dribbelt an der Außenlinie entlang und gibt eine scharfe Flanke in den Strafraum. Dummerweise trifft er den Rücken des Schiedsrichters. Der Ball prallt ab und kullert ins Tor. Was muss der Schiedsrichter entscheiden? (⚽)

6. Du bist Zuschauer bei einem Fußballspiel. Der Schiedsrichter hat einen rabenschwarzen Tag erwischt und pfeift unglaublich schlecht. Du wirst immer wütender und beschimpfst schließlich den Schiedsrichter. Was wird dir wohl passieren? (⚽⚽)

7. Der Ball rollt in Richtung leeres Tor. Plötzlich reißt sich der Hund eines Zuschauers los, läuft auf den Platz und hält den Ball auf der Torlinie auf. Ärgerlich, denn der Ball wäre bestimmt ins Tor gegangen. Aber wie entscheidet der Schiedsrichter? Gilt das Tor trotzdem? (⚽)

8. Mannschaft A ist drückend überlegen. Alle Spieler außer dem Torwart sind in der gegnerischen Hälfte. Plötzlich kann sich Mannschaft B befreien. Der Linksaußen nimmt den Pass vor der Mittellinie an. Vor sich hat er nur noch den Torwart. Er stürmt los und schießt ins Tor. Gilt das Tor? Ist der Linksaußen abseits oder nicht? (⚽)

4. Jugendbälle dürfen ein Gewicht von 350 bis 390 Gramm haben. Der Umfang des Balles liegt zwischen 63,5 und 66 cm. Die Bälle für Erwachsene wiegen 410–450 Gramm und haben 68–70 cm Umfang.
Hast du die richtige Antwort gewusst? Spitze! Wenn du dich leicht verschätzt und eine Zahl zwischen 300 und 500 Gramm genannt hast, darfst du dir einen ⚽ gutschreiben.

5. Ja, das Tor gilt. In der Regel IX steht, dass der Ball im Spiel bleibt, wenn er den Schiedsrichter oder einen der Schiedsrichter-Assistenten berührt.

6. Vermutlich passiert dir überhaupt nichts. Aber von den Regeln her ist vorgesehen, dass die Zuschauer, die den Schiedsrichter belästigen, beleidigen, bedrohen oder beschimpfen, sofort vom Sportplatzgelände entfernt werden müssen. Nach dieser Regel müsste eigentlich jede Woche jedes Bundesliga-Stadion geräumt werden. Oder?

7. So ein dummer Hund. Das Tor wird nämlich nicht gegeben. Stattdessen gibt es einen Schiedsrichterball auf der Torraumlinie (Regel X. 1).

8. Das Tor zählt. Der Linksaußen ist nicht abseits. Die Abseits-Regelung gilt nur in der gegnerischen Hälfte.

9. Es geht wieder um die Abseits-Regel. Der Rechtsaußen liegt verletzt auf der Torlinie. Der Spielmacher – nicht im Abseits – schießt ein Tor. Gilt es? (⚽)

10. Welcher Zeitpunkt ist für die Abseits-Stellung entscheidend? (⚽)

a) die Ballabgabe
b) die Ballannahme
c) Abseits darf nur alle fünf Minuten gepfiffen werden.

11. Und die letzte Abseits-Frage: Der Schiedsrichter gibt Eckball. Der Mittelstürmer baut sich direkt vor dem hinteren Pfosten auf. Vor sich hat er nur noch den gegnerischen Torwart. Eigentlich steht er also im Abseits. Und? Was wird der Schiedsrichter machen? (⚽)

12. Ein Spieler rempelt seinen Gegner »korrekt« mit der Schulter, ohne dass der Ball in der Nähe ist. Was macht der Schiedsrichter? (⚽)

a) Nichts, er lässt weiterspielen.
b) Er gibt einen indirekten Freistoß.
c) Er zeigt dem Spieler die rote Karte und gibt einen direkten Freistoß.

9. *Das Tor gilt nicht, denn in diesem Fall ist der verletzte Spieler im Abseits. Die Abseits-Regelung sieht zwar vor, dass ein Spieler nicht abseits ist, wenn er nicht in das Spielgeschehen eingreift. Doch weil der Rechtsaußen auf der Torlinie liegt, behindert er den gegnerischen Torwart und greift so in das Spielgeschehen ein.*

10. *Antwort a) stimmt. Maßgeblich ist der Zeitpunkt der Ballabgabe. Deshalb ist die Abseits-Regelung auch so schwer zu begreifen: Die meisten Beteiligten – Spieler, Zuschauer und auch der Schiedsrichter – sehen dorthin, wo der Ball ist, und können nur schwer erkennen, ob der angespielte Spieler im Moment der Ballabgabe im Abseits steht.*

11. *Nein, das ist kein Abseits. Die Regel besagt, dass ein Spieler nicht abseits ist, wenn er den Ball direkt aus einem Abstoß, einem Eckball oder einem Einwurf zugespielt bekommt.*

12. *Die Antwort b) ist richtig, der Schiedsrichter gibt indirekten Freistoß.*

13. Ein Spieler hat schon die gelbe Karte gesehen. Wieder einmal läuft ihm sein Gegner davon. Der Spieler versucht ihm von hinten den Ball abzunehmen. Leider schafft er es nicht, sondern säbelt seinen Gegner um. Was macht der Schiri in diesem Fall? (⚽)

a) Er zeigt dem Spieler die Ampelkarte, also erst Gelb und dann Rot.

b) Nichts, so ein Foul kann beim Fußball doch mal passieren.

c) Er zeigt dem Spieler gleich die rote Karte.

14. Der Schiedsrichter pfeift zur Ecke. Ein Verteidiger will ganz clever sein und stellt sich zwei Meter vor die Eckfahne. Was wird ihm passieren? (⚽⚽⚽)

15. Es gibt Elfmeter. Der Torwart trippelt auf der Linie, um den Gegner nervös zu machen. Darf er das? (⚽)

16. Wann ist der Ball bei einem Elfmeter, einem Freistoß, einem Eckball oder dem Anstoß eigentlich im Spiel? (⚽)

a) Wenn der Schiedsrichter gepfiffen hat?

b) Wenn er mit dem Fuß gestoßen wurde und sich vorwärts bewegt?

c) Wenn der Ball eine volle Umdrehung nach vorne bewegt wurde?

13. *Selbstverständlich sieht der Spieler sofort die rote Karte; Antwort c) ist also richtig. Normalerweise müsste der Schiri nach einer gelben Karte und einem erneuten Regelverstoß die Ampelkarte zeigen. Doch bei einem so brutalen Foul muss der Schiedsrichter den roten Karton zücken.*

14. *Der Spieler sieht die gelbe Karte. Regel 12 besagt: »Ein Spieler muss durch Zeigen der gelben Karte verwarnt werden, wenn er die Wiederaufnahme des Spieles verzögert« und: »wenn er beim Eckstoß oder Freistoß den vorgeschriebenen Abstand nicht einhält« – und der beträgt 9,15 Meter.*

15. *Ja, der Torwart darf trippeln. Früher musste er, »ohne seine Füße zu bewegen«, auf der Linie stehen, seit Beginn der Saison 1997/98 ist dieser Passus aus der Regel XIV gestrichen.*

16. *Antwort b) ist richtig. Bis zum Ende der Saison 1996/97 musste der Ball »die Strecke von der Länge seines Umfangs« zurückgelegt haben. Seither muss der Ball »mit dem Fuß gestoßen und nach vorne bewegt« worden sein.*

17. Zurück zum Torwart. Für den gilt die Rückpassregel ganz besonders. Darf er einen Einwurf, der direkt zu ihm geworfen wird, auffangen? (⚽)

18. Anstoß zur zweiten Halbzeit. Der Spielmacher, ein kräftiger Kerl, ist immer noch wütend, weil seine Mannschaft schon längst führen müsste. Aber es steht immer noch 0:0. Der Schiedsrichter pfeift an. Der Spielmacher läuft an und legt seine ganze Kraft in den Schuss. Der gegnerische Torwart ist völlig überrascht und lässt den Ball an sich vorbei ins Tor. Aber: Gilt es auch? (⚽)

19. Du hast Einwurf. Weißt du, wie der richtig ausgeführt wird? Welche von den folgenden Aussagen sind falsch? (Für jede richtige Antwort gibt es einen ⚽.)

a) Der Einwerfer muss mit einem Teil eines jeden Fußes auf dem Boden sein.

b) Man kann auch mit einer Hand einwerfen.

c) Beide Füße müssen hinter der Seitenlinie sein.

d) Das Gesicht des Einwerfers muss dem Spielfeld zugewandt sein.

e) Der Einwerfer kann sich den Ball auch selbst vorlegen.

f) Ein Tor kann aus einem Einwurf nicht direkt erzielt werden.

g) Wenn der Ball nicht regelgerecht eingeworfen wurde, darf der Einwerfer es noch einmal versuchen.

17. *Nein, nein, nein! Seit der Saison 1997/98 darf der Torhüter auch einen direkt zu ihm geworfenen Einwurf nicht mehr mit den Händen berühren.*

18. *Aber ja, das Tor gilt. Regel VIII besagt: Ein Tor kann direkt aus einem Anstoß erzielt werden. Das gilt übrigens auch für den Torabstoß. Doch welcher Spieler kann schon über den ganzen Platz schießen?!*

19. *Falsch sind die Aussagen b, c, e und g. Der Regel XV schreibt vor, wie ein Einwurf sein muss: »Der einwerfende Spieler muss das Gesicht dem Spielfeld zuwenden und mit einem Teil eines jeden Fußes entweder auf der Seitenlinie oder auf dem Boden außerhalb des Spielfeldes stehen (deshalb ist auch die Aussage c falsch). Der einwerfende Spieler soll beide Hände gebrauchen und den Ball von hinten über seinen Kopf werfen. Der Ball ist im Spiel, sobald er innerhalb des Spielfeldes ist, aber der einwerfende Spieler darf den Ball nicht eher spielen, bis ihn ein anderer Spieler berührt hat.« Und: »Wenn der Ball nicht regelgerecht eingeworfen wurde, ist er durch einen Spieler der gegnerischen Mannschaft einzuwerfen.« Alles klar?*

20. Der Schiedsrichter prüft die Anzahl der Spieler. Wann und wie oft macht er das? (⚽)

a) am Ende des Spiels

b) am Anfang des Spiels

c) Immer wenn er glaubt, dass heimlich einer abgehauen ist.

d) zu Beginn jeweils der ersten und zweiten Halbzeit

21. Kann ein Spieler ersetzt werden, der einen Platzverweis erhalten hat? (⚽)

22. Bei vielen Spielen sieht man, dass bei einer umstrittenen Entscheidung wild auf den Schiedsrichter eingeredet wird. Aber: Kann der seine Entscheidung überhaupt rückgängig machen? (⚽)

23. Während eines Spieles zieht ein heftiges Gewitter auf. Es blitzt und donnert und schüttet wie aus Eimern. Wie lange darf der Schiedsrichter ein Spiel unterbrechen? (⚽)

a) Er darf gar nicht unterbrechen.

b) Bis die Spieler trockene Kleidung angezogen haben.

c) eine halbe Stunde

d) eine Stunde

20. *Das hast du bestimmt gewusst. Antwort d) ist natürlich richtig.*

21. *Ja, das geht tatsächlich. Wenn der Spieler vor Beginn des Spieles einen Platzverweis erhält!*

22. *Der Schiedsrichter kann seine getroffene Entscheidung nur rückgängig machen, wenn er das Spiel noch nicht wieder angepfiffen hat. Danach steht seine »Tatsachenentscheidung« fest.*

23. *Antwort c) ist richtig. Bis zu einer halben Stunde darf ein Spiel unterbrochen werden.*

24. Beim Abstoß tritt der ausführende Spieler in den Rasen. Der Ball rollt langsam vorwärts und bleibt im Strafraum liegen. Darf der Abstoß wiederholt werden? (⚽)

a) ja

b) nein

c) Wenn der Schiedsrichter gute Laune hat.

d) Nur, wenn es das erste Mal passiert ist.

25. Warum trägt der Torwart eigentlich ein andersfarbiges Trikot als die Spieler? (Wenn du eine richtige Antwort gefunden hast, bekommst du einen ⚽. Wenn du alle richtigen Antworten findest, bekommst du ⚽⚽.)

a) Weil er für die Zuschauer als Torwart erkennbar sein muss.

b) Weil er als Torwart für die Spieler erkennbar sein muss.

c) Weil sein richtiges Trikot in der Wäsche ist.

d) Weil er als Torwart für den Schiedsrichter erkennbar sein muss.

24. *Ganz klar, Antwort a) stimmt. Der Ball ist bei einem Abstoß erst dann wieder im Spiel, wenn er aus dem Strafraum herausbefördert wurde.*

25. *Na, hast du es bemerkt? Zwei Antworten sind richtig: b) und d).*

Technik und Taktik

FRAGEN

26. Was bedeutet der Begriff »Spielsystem« beim Fußball? (⚽)

a) Das hat mit Fußball nichts zu tun.

b) Der Trainer stellt einen Plan auf, nach dem jeder Spieler gleich oft am Ball ist.

c) Der Trainer stellt die Mannschaft so auf, dass sie möglichst gewinnt. Dabei hat jeder Spieler eine feste Position und Aufgaben.

27. Wofür eignen sich Spannstöße besonders? (⚽)

a) Um den Ball anzunehmen.

b) Beim Freistoß, Eckball und Steilpass.

c) Um Kunststücke vorzuführen.

28. Wie kann die Spannstoßtechnik geübt werden? (⚽)

a) Den Ball gegen eine zirka 20 m entfernte Mauer schießen.

b) Die kann man nicht üben, die Spannstoßtechnik muss angeboren sein.

c) Im Kurzpassspiel beim Training.

ANTWORTEN

26. *Antwort c) ist richtig. Es gibt viele verschiedene Systeme: Eine Mannschaft kann aus einer verstärkten Abwehr oder auf Angriff spielen. Es gibt Mannschaften, die selber das Spiel machen, und andere, die auf Konter lauern. Mit welchem System ein Team antritt, kann aber auch vom Wetter abhängig sein. Wenn es beispielsweise tagelang geregnet hat, wird der Trainer bestimmt nicht die Supertechniker aufstellen, die auf tiefem, matschigem Boden ihre Technik nicht anbringen können. Stattdessen werden wohl die Kämpfertypen auflaufen.*

27. *Beim Fußball sagt man statt »schießen« auch »stoßen«. Um einen kurzen Pass zu spielen, machst du am besten einen Innenseitstoß. Das bedeutet: Du schießt mit der Innenseite des Fußes. Für weite Pässe oder scharf getretene Eckbälle und Freistöße eignen sich besser Schüsse mit dem vorderen Teil des Fußes. Wenn du Antwort b) notiert hast, kannst du dir einen*  *gutschreiben.*

28. *Antwort a) ist richtig. Egal, ob du einen Freistoß, einen Eckball oder einen Pass spielen willst: Wichtig ist, dass der Ball genau gespielt wird, damit er bei deinem Mitspieler auch ankommt. Eine gute Möglichkeit, einen Pass zu üben, der auch auf Entfernung zielgenau ankommt, ist das Schießen gegen eine Mauer. Male ein paar Kreise auf die Mauer und versuche sie aus verschiedenen Distanzen zu treffen.*

29. Du willst den Ball zu einem Mitspieler passen. Wie musst du ihn spielen, damit dein Mitspieler den Ball leicht annehmen kann? (⚽)

a) hoch

b) möglichst stark getreten

c) flach

d) halbhoch

30. Was ist ein Pressschlag? (⚽⚽⚽)

31. Du willst einen Pass mit dem Fuß stoppen. Wie machst du es richtig? (⚽)

a) Du hältst den Fuß dem Ball entgegen.

b) Du führst den Fuß dem Ball entgegen.

c) Du ziehst den Fuß zurück.

32. Mit welchem Körperteil darf man einen Ball stoppen? (Für jede richtige Antwort gibt es einen ⚽.)

a) mit der Fußinnenseite

b) mit dem Kopf

c) mit der Sohle

d) mit der Hand

e) mit der Brust

f) mit dem Oberschenkel

29. *c) ist richtig. Das war ziemlich leicht, oder? Leider ist es im Spiel nicht immer so einfach, einen flachen Pass zu spielen. Wenn tausend Gegenspieler um dich herumstehen, geht das natürlich nicht. Dann musst du den Ball hoch spielen und dein Mitspieler kann zeigen, was er technisch draufhat.*

30. *Na, konntest du diese Frage richtig beantworten? Ein Pressschlag entsteht, wenn zwei Spieler gleichzeitig gegen den Ball treten. Richtig? Herzlichen Glückwunsch, dafür gibt es drei ⚽!*

31. *Schulmäßig stoppst du einen Ball so: Du führst den Fuß dem Ball entgegen. Beim Aufprall nimmst du den Fuß leicht zurück. Antwort b) ist also richtig.*

32. *Das war eine Fangfrage. Alle sechs Antworten sind nämlich richtig. »Wie?«, fragst du jetzt, »mit der Hand auch???« Aber klar! Ein Spieler macht das sogar hauptsächlich: der Torwart! Na, bist du reingefallen? Macht nichts, für jede richtige Antwort kriegst du einen ⚽. Wenn du tatsächlich alle Antworten von a) – f) angekreuzt hast, ist die Belohnung in Form von satten sechs ⚽ verdient.*

33. Vielleicht hast du den Begriff »Balltreiben« schon gehört. Was versteht man darunter? (⚽)

a) Den Ball so weit wie möglich in die gegnerische Hälfte schießen und hinterherrennen.

b) Den Ball in schnellem Tempo vor sich herspielen. Du solltest ihn so weit vorspielen, dass du den Ball bei jedem dritten oder vierten Schritt wieder erreichst.

c) Einen Steilpass an der Außenlinie entlang.

34. Und was ist »Ball führen«? (⚽⚽⚽)

35. Was machst du, wenn dein Gegenspieler in der Nähe ist? (⚽)

a) Du denkst: Der ist stärker als ich und gibst ihm den Ball freiwillig.

b) Ball treiben

c) Ball führen

36. Es gibt verschiedene Tricks, die Fußballer anwenden: Freistoß-Tricks, Körpertäuschung und Ball-Tricks. Warum müssen die Tricks im Training immer wieder geübt werden? (⚽⚽)

33. *Antwort b) ist richtig. Man kann »Balltreiben« auch als »schnelles Dribbling« bezeichnen. So, wie es unter a) beschrieben steht, wird Fußball häufig in England gespielt. Die Engländer haben dafür sogar einen Ausdruck: »Kick and rush«.*

34. *Das Ballführen ist das langsame Dribbling. Du führst den Ball dabei immer dicht am Fuß. Du brauchst ein gutes Ballgefühl und eine saubere Technik, um einen Ball über eine längere Strecke führen zu können, ohne dass er dir zu weit vom Fuß springt.*

35. *Das konntest du dir nach den beiden Fragen vorher leicht denken: Antwort c) ist natürlich richtig.*

36. *Ein Trick kann nur funktionieren, wenn er einwandfrei sitzt. Das geht einem Zauberer nicht anders. Je mehr Spieler an einem Trick beteiligt sind – zum Beispiel bei einem Freistoß-Trick – desto häufiger muss er geübt werden, damit jeder im Spiel weiß, was er zu tun hat. Das hört sich anstrengend an, aber alles Training wird belohnt, wenn der Trick zu einem Tor führt!*

37. Welche der folgenden Begriffe gehören zur Balltechnik? (Für jede richtige Antwort gibt es einen ⚽.)

a) Ball treiben

b) dribbeln

c) an der Außenlinie entlangspurten

d) Ball führen

e) sich freilaufen

f) Ball aufpumpen

38. Was ist ein Steilpass? (⚽⚽)

39. Und was ist ein Befreiungsschlag? (⚽⚽)

40. Hast du schon mal etwas von »Zirkel-Training« gehört? Kannst du den Begriff beschreiben? (⚽⚽⚽)

37. *Der Bundesliga-Trainer schwärmt: »Wirklich, der neue Stürmer ist jede Mark wert, die er gekostet hat. Der kann am Ball einfach alles: einfetten, aufpumpen ...« Ein blöder Witz, okay. Blöd ist aber auch, wenn du f) angekreuzt hast. Das ist nämlich falsch. Richtig sind nur die Lösungen a), b) und d).*

38. *Als Steilpass bezeichnet man einen Pass, der weit und steil nach vorne gespielt wird. Um im richtigen Moment einen Steilpass spielen zu können, brauchst du ein gutes Auge für die Situation und ein gutes Ballgefühl, damit der Pass auch ankommt.*

39. *Mit einem Befreiungsschlag versuchen sich Abwehrspieler zu retten, wenn ihnen gar nichts anderes mehr einfällt. Dann heißt es nur noch: den Ball so weit wie möglich raus aus dem eigenen Sechzehner zu schießen. Es ist bei einem Befreiungsschlag auch nicht wichtig, ob er einen Mitspieler erreicht. Die Hauptsache ist, dass die Abwehr für ein paar Sekunden Zeit hat, zu verschnaufen und sich neu zu formieren.*

40. *Zirkeltraining ist eine Trainingsform, bei der mehrere Trainings-Elemente aneinander gereiht werden. Das Zirkeltraining wenden die Trainer in erster Linie an, um die Kondition zu stärken.*

41. Sportreporter sagen sehr gerne den Begriff »Umschalten von Abwehr auf Angriff«. Was soll das bloß bedeuten? (⚽)

a) Das bedeutet, dass alle Spieler ihre Positionen tauschen: Der Sturm geht ins Mittelfeld, das Mittelfeld wird zu Abwehrspielern und die Verteidiger müssen stürmen.
b) Nach einem abgefangenen Angriff startet die verteidigende Mannschaft einen Gegenangriff, wobei die Abwehr aufrückt und die Mittelfeldspieler den Sturm unterstützen.

42. Dein Torwart hat den Ball. Du willst dich freilaufen, damit er dich anspielen kann. Wo läufst du am besten hin? (⚽)

a) Zum Elfmeterpunkt, damit der Torwart den Ball nicht so weit schießen muss.
b) Es ist egal, wohin ich laufe. Ich kriege den Ball sowieso nie.
c) Zur Seitenlinie.

43. Warum machen Fußballer beim Training eigentlich Gymnastik? (⚽)

a) Weiß ich auch nicht, Gymnastik finde ich doof.
b) Damit der Körper beweglich wird.
c) Fußballer können nicht immer nur Fußball spielen, sonst verlieren sie die Lust daran.

41. *Antwort b) ist richtig. Schade, eigentlich wäre die Idee der Antwort a) doch viel lustiger. Stell dir einmal vor, wie es dabei auf dem Platz drunter und drüber ginge ...*

42. *Hoffentlich läufst du zur Seitenlinie, Antwort c) ist nämlich richtig.*

43. *Gymnastik ist die wohl meistgehasste Trainings-Einheit bei den meisten Fußballspielern. Trotzdem ist sie wichtig, um den Körper beweglich zu machen – Antwort b) ist richtig.*

44. Jedes Fußballspiel läuft unterschiedlich. Worauf solltest du dich nie verlassen? (Für jede richtige Antwort gibt es einen ⚽.)

a) auf das Glück

b) auf deine Fähigkeiten

c) Dass der Schiedsrichter alles sieht.

d) auf deine Mitspieler

45. Was ist ein »Konter«? (⚽⚽⚽)

46. Welche Aufgaben hat der Spielführer? (⚽)

a) Er führt die Seitenwahl aus.

b) Er darf mit dem Schiedsrichter diskutieren.

c) Der Spielführer ist immer auch der Spielmacher.

47. Was bezeichnet man mit einem »Drop-Kick«? (⚽⚽⚽)

44. *Nie verlassen solltest du dich auf das Glück und darauf, dass der Schiedsrichter immer alles sieht. Du musst also a) und c) angekreuzt haben, wenn du bei dieser Frage zwei ⚽ einheimsen willst. Antwort d) könnte auch richtig sein, schließlich gibt es in so mancher Mannschaft Spieler, die äußerst launisch Fußball spielen. Aber prinzipiell solltest du dich schon auf deine Mitspieler verlassen. Und deshalb zählt die Antwort d) hier nicht.*

45. *Ein Konter ist ein schneller, überraschender Gegenangriff. Am besten können Konter »gefahren« werden, wenn der Gegner drückend überlegen ist. Es gibt regelrechte Konter-Mannschaften, die sich darauf spezialisiert haben. Die geben beispielsweise das Mittelfeld kampflos frei und laden so den Gegner ein sehr offensiv zu spielen.*

46. *Überraschung: Nur Antwort a) ist richtig. Diskutieren darf der Spielführer zwar auch mit dem Schiedsrichter – und zwar als Einziger! – aber das gehört nicht zu seinen Aufgaben.*

47. *Ein Drop-Kick ist, wenn der Ball direkt nach dem Aufspringen auf den Boden in der Aufwärtsbewegung getroffen wird. Ein Drop-Kick-Schuss ist immens gefährlich und für den Torwart schwer zu halten.*

48. Was glaubst du, warum könnte eine Mannschaft wohl versuchen den Ball im Mittelfeld in den eigenen Reihen zu halten? (⚽⚽)

49. Wenn deine Mannschaft gegen den Wind spielt – wie sollten die Pässe möglichst sein? (⚽)
a) hoch
b) rückwärts
c) flach

50. Warum fordern Trainer immer wieder von den Spielern über »die Flügel zu spielen«? (⚽)
a) Damit der Mittelstürmer Zeit hat, sich auszuruhen.
b) Damit die Zuschauer die Spieler auch einmal aus der Nähe bewundern können.
c) Um die gegnerische Abwehr auseinander zu ziehen und somit »löchrig« zu machen.

48. *Diese Frage ist ein bisschen fies, weil verschiedene Antworten denkbar sind. Am nächsten liegend ist aber die Vermutung, dass diese Mannschaft knapp in Führung liegt oder aus anderen Gründen mit dem Spielergebnis zufrieden ist und somit versucht Zeit zu schinden.*

49. *Das lernt ein Fußballer ja schon in der jüngsten Altersklasse, bei den Bambinis: Bei Gegenwind müssen die Bälle flach gespielt werden! Solltest du tatsächlich b) angekreuzt haben und meinen, der Ball müsse rückwärts gespielt werden, dann sage entweder sofort, dass du die Frage falsch verstanden hast oder ziehe eine Million von deinem Punktekonto ab! Rückwärts, ich glaub's ja wohl nicht ...*

50. *Auch die letzte Frage aus dieser Rubrik lässt nur eine Antwort zu: c). Aber: Wenn die Frage so leicht zu beantworten ist – warum spielen dann so viele Mannschaften bloß immer durch die Mitte???*

Die Punktewertung

In dieser Rubrik konntest du insgesamt **83 Punkte** erreichen.

70 bis 83 Punkte:
Du bist technisch und taktisch allererste Sahne und weißt über die Regeln alles! Mit so viel Wissen bist du der künftige »Champions-League-Trainer«. Herzlichen Glückwunsch!

55 bis 69 Punkte:
Super-Ergebnis! Damit hast du dich eindeutig als »Bundesliga-Trainer der Spitzenklasse« qualifiziert!

30 bis 54 Punkte:
Du brauchst dich nicht zu verstecken. Das ist ein sehr ordentliches Ergebnis. Im Moment bist du noch »Trainer in der 2. Liga«. Aber die Bundesliga wartet schon auf dich!

10 bis 29 Punkte:
Ärgere dich nicht! Auch in der Regionalliga gibt es gute Trainer. Und außerdem: Was du jetzt noch nicht weißt, kannst du ja noch lernen. Oder?

0 bis 9 Punkte:

Hast du wirklich ernsthaft versucht die Fragen zu lösen? Vielleicht hast du ja nur einen schlechten Tag erwischt? Oder kann es sein, dass du gerade verliebt bist und ganz andere Sachen im Kopf hast als Fußball?! Warum auch immer – mach dir einfach nichts draus, es gibt Schlimmeres. Schließlich muss ja nicht jeder Trainer werden.

Dritte Quizrunde – Internationaler Vereinsfußball

Champions League

FRAGEN

1. Welche Mannschaft gewann am häufigsten die Champions League, beziehungsweise den Europapokal der Landesmeister (so hieß die Champions League früher)? (⚽)
a) Real Madrid
b) AC Mailand
c) Juventus Turin

2. Welche deutsche Mannschaft konnte als einzige den Landesmeisterwettbewerb dreimal hintereinander für sich entscheiden? (⚽)
a) Bayern München
b) Borussia Mönchengladbach
c) Hamburger SV

ANTWORTEN

1. *Antwort a) ist richtig. Zwischen 1956 und 2003 war die Elf aus der spanischen Hauptstadt insgesamt neunmal erfolgreich (1956–60, 1966, 1998, 2000, 2003) – das ist bis heute keiner zweiten Mannschaft gelungen.*

2. *Antwort a) ist richtig. 1974 gewannen die Münchner nach zwei Spielen (1:1 und 4:0) gegen Atletico Madrid ihren ersten Landesmeistertitel. 1975 wurde Leeds United mit 2:0 besiegt und 1976 schließlich der AS St.Etienne mit 1:0.*

3. Was machte die besondere Dramatik beim Champions-League-Endspiel 1999 zwischen Bayern München und Manchester United aus? (⚽)

a) Manchester holte in den allerletzten Minuten einen Rückstand auf und schoss mit dem Schlusspfiff noch den Siegtreffer.

b) Ein ehemaliger Bayern-Spieler erzielte den entscheidenden Siegtreffer für die Engländer.

c) In einer harten und überaus hektischen Partie wurden auf beiden Seiten je drei Spieler des Feldes verwiesen.

4. Seit Bestehen der Champions League gab es zwei Endspiele, die nur von Vereinen eines einzigen Landes bestritten wurden. Woher kamen die Mannschaften jeweils? (⚽)

a) England & Deutschland

b) Spanien & Italien

c) Frankreich & Niederlande

5. Welcher englische Klub gewann häufiger die Champions League und deren Vorläufer, den Europapokal der Landesmeister? (⚽)

a) FC Liverpool

b) Manchester United

c) Nottingham Forest

3. Antwort a) ist richtig. Großes Pech für die Bayern: Bis kurz vor Schluss führten die Münchner durch Mario Basler mit 1:0, ehe zunächst Sheringham den Ausgleich und dann Solskjaer buchstäblich mit dem Abpfiff den Siegtreffer für die Engländer erzielten.

4. Antwort b) ist richtig. 2003 konnte sich im italienischen Duell der AC Mailand gegen Juventus Turin durchsetzen (0:0, 1:1, 3:2 n. E.). Im Jahr 2000 ging in einem rein spanischen Endspiel Real Madrid nach einem 3:0 gegen den FC Valencia als Sieger vom Platz.

5. Antwort a) ist richtig. Liverpool war insgesamt fünfmal in einem Endspiel. Viermal gingen die Briten als Sieger vom Platz: 1977 gegen Mönchengladbach (3:1), 1978 gegen FC Brügge (1:0), 1981 gegen Real Madrid (1:0) und 1984 gegen AS Rom (1:1 u. 4:2 n. E.). Nottingham (1974 und 1980) und Manchester (1968 und 1999) waren je zweimal erfolgreich.

6. Was passierte mit Jupp Heynckes, nachdem er als Trainer mit Real Madrid 1998 die Champions League gewann? (⚽)

a) Die Costa Brava wurde in »Costa del Jupp« umbenannt.
b) Er wurde zum Ritter geschlagen.
c) Er wurde entlassen.

7. Wie oft gewannen deutsche Vereine bis einschließlich 2003 die Champions League beziehungsweise den Europapokal der Landesmeister? (⚽)

a) einmal
b) zehnmal
c) sechsmal

8. In der Saison 1996/97 gewann Borussia Dortmund die Champions League und Schalke 04 den UEFA-Pokal. In welchem Jahr gab es schon einmal einen deutschen Doppelerfolg in den europäischen Wettbewerben? (⚽)

a) 1960
b) 1975
c) 1993

6. *Antwort c) ist richtig. Obwohl er mit Real 1998 sogar die Champions League gewann, wurde Heynckes entlassen. Der Grund war das enttäuschende Abschneiden in der spanischen Meisterschaft, wo Real »nur« den vierten Platz belegte.*

7. *Antwort c) ist richtig. 1974–76 waren die Bayern erfolgreich, 1983 der Hamburger SV, 1997 Borussia Dortmund und 2001 erneut Bayern München.*

8. *Antwort b) ist richtig. 1975 siegte Bayern München im Endspiel um den Landesmeisterpokal gegen Leeds United, während Borussia Mönchengladbach den UEFA-Cup gegen Twente Enschede gewann.*

Europapokal allgemein

FRAGEN

9. Was ist der europäische Supercup? (⚽)

a) eine andere Bezeichnung für die Champions League

b) ein internationaler Wettbewerb für Amateurmannschaften

c) der Wettbewerb zwischen dem Gewinner der Champions League und dem Sieger des UEFA-Pokals

10. Welcher deutsche Verein konnte schon einmal den europäischen Supercup gewinnen? (⚽)

a) Bayern München

b) Borussia Dortmund

c) keiner

11. Wer wurde 2003 UEFA-Pokal-Sieger? (⚽)

a) FC Porto

b) FC Liverpool

c) Celtic Glasgow

9. *Antwort c) ist richtig. Seit 1972 wird der Supercup ausgetragen.*

10. *Antwort c) ist richtig. Zuletzt hatten die Bayern das Nachsehen – sie verloren 2001 gegen den FC Liverpool mit 2:3. 1998 zog die Dortmunder Borussia nach einem 1:1 und 0:2 gegen den FC Barcelona den Kürzeren.*

11. *Antwort a) ist richtig. In einem spannenden Finale in Sevilla konnte sich der FC Porto mit einem 3:2 nach Verlängerung gegen Celtic Glasgow durchsetzen.*

12. Was war das Besondere am Endspiel Lazio Rom – RCD Mallorca im europäischen Pokalsiegerwettbewerb 1999? (⚽)

a) Es war das letzte Endspiel in diesem Wettbewerb.

b) Mallorca verlor und musste 1 000 Liter Sangria für den Sieger ausgeben.

c) Es war der erste Sieg eines italienischen Klubs in diesem Wettbewerb.

13. Wer war der erste deutsche Klub, der einen internationalen Titel gewann? (⚽)

a) 1. FC Nürnberg

b) Borussia Dortmund

c) Schalke 04

14. Welche deutsche Mannschaft konnte als erste ein europäisches Pokalendspiel erreichen? (⚽)

a) Borussia Dortmund

b) Bayern München

c) Eintracht Frankfurt

15. Wer gewann 2003 den europäischen Supercup? (⚽)

a) AC Mailand

b) FC Porto

c) Boavista Porto

12. *Antwort a) ist richtig. Seit der Saison 1999/2000 spielen die nationalen Pokalsieger im UEFA-Cup mit. Lazio gewann das Spiel übrigens mit 2:1.*

13. *Antwort b) ist richtig. Am 5. Mai 1966 setzten sich die Borussen in Glasgow mit 2:1 nach Verlängerung gegen den FC Liverpool im Finale der Pokalsieger durch. Die Torschützen für die Dortmunder waren Held und Libuda.*

14. *Antwort c) ist richtig. Am 18. Mai 1960 spielte die Eintracht im Endspiel der Landesmeister gegen Real Madrid. Die Frankfurter hatten allerdings keine Chance: Gegen die übermächtigen Spanier kamen sie in Glasgow mit 3:7 unter die Räder.*

15. *Antwort a) ist richtig. Mit 1:0 besiegte der Champions-League-Sieger von 2003 den portugiesischen UEFA-Pokal-Titelträger durch ein Tor von Andrej Schewtschenko.*

16. Auf wie viele Europapokaleinsätze brachte es Klaus Augenthaler als Spieler von Bayern München? (⚽)

a) 39

b) 89

c) 189

17. Wer ist der erfolgreichste deutsche Torschütze im Europapokal? (⚽)

a) Oliver Bierhoff

b) Gerd Müller

c) Rudi Völler

18. Wann konnte erstmals ein türkischer Verein einen europäischen Wettbewerb gewinnen? (⚽)

a) 2000

b) noch nie

c) 1980

19. Welcher deutsche Verein gewann 1997 den UEFA-Pokal? (⚽)

a) Werder Bremen

b) VfB Stuttgart

c) Schalke 04

16. *Antwort b) ist richtig. Auf die zweitmeisten Einsätze brachte es Sepp Maier (ebenfalls Bayern) mit insgesamt 79 Spielen.*

17. *Antwort b) ist richtig. Gerd Müller schoss in 74 Europapokalspielen für Bayern München 65 Tore – ein einsamer Rekord! Daran messen kann sich nur noch Jupp Heynckes von Mönchengladbach, der in 64 Spielen immerhin 50 Treffer erzielte.*

18. *Antwort a) ist richtig. Im UEFA-Pokal-Endspiel besiegte Galatasaray Istanbul den FC Arsenal London mit 4:1 nach Elfmeterschießen (0:0 n. V.).*

19. *Antwort c) ist richtig. Die Gelsenkirchener setzten sich gegen den vermeintlich haushohen Favoriten Inter Mailand durch (0:1, 1:0 und 4:1 n. E.). Dies war der erste internationale Titel für die Schalker.*

20. Neben den Gewinnern der nationalen Pokalwettbewerbe und den UI-Cup-Siegern können sich noch weitere Mannschaften über Umwege für den UEFA-Pokal qualifizieren. Wie? (⚽)

a) per Losverfahren

b) Die UEFA-Funktionäre wählen sich ihren Lieblingsverein aus.

c) durch die Fairplay-Wertung

21. Welcher deutsche Verein stand 2002 im Endspiel um den UEFA-Pokal? (⚽)

a) Borussia Dortmund

b) Schalke 04

c) VfB Stuttgart

22. Bayer Leverkusen ist so etwas wie der ewige Zweite in der Bundesliga. Mehrmals wurde die Werks-Elf Vizemeister, aber Titel sind bisher Mangelware. Den größten Triumph in der Vereinsgeschichte feierte Leverkusen 1988. Welchen internationalen Titel konnte Bayer damals holen? (⚽)

a) Pokal der Pokalsieger

b) Champions League

c) UEFA-Pokal

20. *Antwort c) ist richtig. Fairness lohnt sich! In der Saison 2002/03 profitierten von ihrem sportlichen Verhalten SK Brann (Norwegen), Ipswich Town FC (England) und Sigma SK Olomouc (Tschechien).*

21. *Antwort a) ist richtig. Im Jahr 2002 mussten sich die Borussen allerdings im Finale mit 2:3 gegen Feyenoord Rotterdam geschlagen geben.*

22. *Antwort c) ist richtig. Gegner war der spanische Vertreter von Español Barcelona. Nach einem 0:3 im Hinspiel gewann Leverkusen zu Hause 3:0 und konnte das anschließende Elfmeterschießen mit 3:2 für sich entscheiden.*

23. Zu welcher ungewöhnlichen, aber aus deutscher Sicht erfreulichen Situation kam es 1980 im Halbfinale des UEFA-Pokals? (⚽)

a) Der höchste Sieg einer deutschen Mannschaft im Europapokal.

b) Das erste Mal leitete ein deutscher Schiedsrichter ein wichtiges Spiel.

c) Alle vier Halbfinalisten kamen aus Deutschland.

24. Welcher deutsche Verein gewann häufiger den UEFA-Pokal? (⚽)

a) Bayern München

b) Borussia Mönchengladbach

c) Schalke 04

25. Welcher damalige norddeutsche Zweitligist nahm 1992 am Europapokal teil? (⚽)

a) FC St. Pauli

b) Eintracht Braunschweig

c) Hannover 96

26. Der SV Werder Bremen konnte bislang einen europäischen Pokal an die Weser holen. Wann war das? (⚽)

a) 2002

b) 1992

c) 1982

23. Antwort c) ist richtig. Das damalige rein deutsche Halbfinale ist bis heute einmalig. Die Paarungen lauteten Mönchengladbach – VfB Stuttgart und Bayern München – Eintracht Frankfurt. Den UEFA-Cup gewann schließlich die Frankfurter Eintracht mit 1:0 und 2:3 gegen Borussia Mönchengladbach.

24. Antwort b) ist richtig. Während die Bayern (1995) und Schalke (1997) nur jeweils einmal erfolgreich waren, siegten die Gladbacher zweimal: 1975 gegen Twente Enschede und 1979 gegen Roter Stern Belgrad.

25. Antwort c) ist richtig. 1992 konnten die Hannoveraner überraschend den DFB-Pokal gegen Mönchengladbach gewinnen. In der ersten Europapokal-Runde trafen die Niedersachsen auf den Titelverteidiger des Vorjahres: Werder Bremen. Mit 1:3 und 2:1 schied Hannover 96 aus dem Wettbewerb aus.

26. Antwort b) ist richtig. In Lissabon setzten sich die Werderaner im Europapokal der Pokalsieger durch Tore von Wynton Rufer und Klaus Allofs mit 2:0 gegen den AS Monaco durch.

27. Wie oft gewannen deutsche Klubs bis einschließlich 2003 den UEFA-Pokal? (⚽)

a) einmal

b) viermal

c) sechsmal

28. Welcher ostdeutsche Verein konnte einen europäischen Pokal gewinnen? (⚽)

a) Hansa Rostock

b) Dynamo Dresden

c) 1. FC Magdeburg

29. Welcher Verein aus Skandinavien konnte schon einmal einen europäischen Pokal gewinnen? (⚽)

a) IFK Göteborg

b) Rosenborg Trondheim

c) Bröndby Kopenhagen

30. Bei welchem der folgenden Klubs konnte bis einschließlich 2003 noch nie ein deutscher Verein ein Auswärtsspiel gewinnen ? (⚽)

a) Manchester United

b) Real Madrid

c) Ajax Amsterdam

27. Antwort c) ist richtig. 1975 und 1979 war Borussia Mönchengladbach siegreich, 1980 Eintracht Frankfurt, 1988 Bayer Leverkusen, 1996 Bayern München und 1997 Schalke 04.

28. Antwort c) ist richtig. 1974 konnte sich der DDR-Pokalsieger in Rotterdam gegen den AC Mailand mit 2:0 durchsetzen. Tore: Lanzi (Eigentor) und Seguin.

29. Antwort a) ist richtig. Der IFK Göteborg konnte sogar zweimal den UEFA-Pokal nach Schweden holen: 1982 durch ein 1:0 und 3:0 gegen den Hamburger SV, und 1987 durch ein 1:0 und 1:1 gegen Dundee United.

30. Antwort c) ist richtig. Die Niederländer scheinen für die Bundesligisten unbezwingbar zu sein. Ähnlich widerstandsfähig erweist sich nur noch der FC Liverpool: Auch dort konnte nie ein deutscher Klub gewinnen.

31. In der Saison 1989/90 kamen alle drei Europapokalsieger aus einem einzigen Land – welchem? (⚽)

a) Italien

b) Spanien

c) England

32. Welcher österreichische Klub konnte schon einmal einen europäischen Pokal gewinnen? (⚽)

a) Austria Wien

b) Rapid Wien

c) keiner

d) Austria Salzburg

33. Welcher schweizerische Klub konnte schon einmal einen europäischen Pokal gewinnen? (⚽)

a) Grasshopper Zürich

b) FC Basel

c) keiner

31. *Antwort a) ist richtig. AC Mailand gewann den Landesmeisterpokal, Sampdoria Genua den Europapokal der Pokalsieger und Juventus Turin den UEFA-Pokal. Dies war das bisher einzige Mal, dass ein solches Kunststück gelang.*

32. *Antwort c) ist richtig. Allerdings standen drei Klubs schon einmal im Finale. 1978 hatte Austria Wien im Europapokal der Pokalsieger mit 0:4 gegen den RSC Anderlecht das Nachsehen, 1985 unterlag Rapid Wien im gleichen Wettbewerb mit 1:3 gegen den FC Everton. Im UEFA-Pokal musste sich 1994 Austria Salzburg mit 0:1 und 0:1 gegen Inter Mailand geschlagen geben.*

33. *Antwort c) ist richtig. In der Saison 2002/2003 überstand der FC Basel immerhin die erste Gruppenphase nach Spielen gegen Spartak Moskau, FC Valencia und den FC Liverpool. In der zweiten Gruppenphase kam allerdings das Aus gegen Manchester United, La Coruna und Juventus Turin.*

Europäischer Ligafußball

FRAGEN

34. In welchem europäischen Land wird keine eigene Meisterschaft ausgespielt? Ein kleiner Tipp: Die Vereine dieses Landes spielen in der benachbarten Schweiz mit. (⚽)

a) Luxemburg
b) Liechtenstein
c) Andorra

35. Welche der folgenden Vereine sind in London beheimatet? (Für jede richtige Antwort bekommst du einen ⚽.)

a) Tottenham Hotspur
b) Chelsea FC
c) Arsenal
d) FC Everton
e) Queens Park Rangers

36. Nenne die drei großen Fußballklubs aus Istanbul. (Für jede richtige Nennung bekommst du einen ⚽.)

34. *Antwort b) ist richtig.*

35. *Die Vereine a), b), c) und e) sind in London zu Hause. Der FC Everton spielt in Liverpool.*

36. *Istanbul ist die Fußball-Hauptstadt der Türkei. Die drei wichtigsten und erfolgreichsten Vereine sind Besiktas, Galatasaray und Fenerbahce. In der Saison 2002/03 konnte Besiktas die Meisterschaft für sich entscheiden vor Galatasary.*

37. In welcher schottischen Stadt spielen die Vereine Celtic und Rangers? (⚽)

a) Aberdeen
b) Edinburgh
c) Glasgow

38. Welche englische Mannschaft wird auch »Gunners« genannt? (⚽)

a) Chelsea London
b) Arsenal London
c) Newcastle United

39. In welchem Land wurde der ehemalige Dortmunder Torwart Stefan Klos 2003 Meister? (⚽)

a) Nordirland
b) England
c) Schottland

40. Was schätzt du: Wie viele deutsche Fußballer waren zu Beginn der Saison 2003/04 in der englischen obersten Spielklasse unter Vertrag? (⚽)

a) acht
b) 15
c) 20

37. *Antwort c) ist richtig. Die beiden Klubs dominieren den schottischen Fußball. Die Rangers scheinen in den letzten Jahren nahezu unschlagbar zu sein: Zwischen 1989 und 1997 gewannen sie jedes Jahr die Meisterschaft. Neun Triumphe in Folge – das hatte bis dahin nur eine Mannschaft geschafft. Wer? Natürlich Lokalrivale Celtic (1966–74)!*

38. *Antwort b) ist richtig. Der Name kommt von der auf dem Vereinswappen abgebildeten Kanone (auf englisch »gun«). Die Kanone wiederum erinnert an die Vereinsgründung in einer ehemaligen Waffenfabrik, der »Royal Arsenal armaments factory«.*

39. *Antwort c) ist richtig. Sein Klub Glasgow Rangers holte in der Saison 2002/2003 bereits den 50. Titel der Vereinsgeschichte – schottischer Rekord!*

40. *Antwort a) ist richtig. Markus Babbel und Didi Hamann (beide Liverpool), Thomas Hitzelsperger (Aston Villa), Robert Huth und Sebastian Kneißl (beide Chelsea), Sebastian Pelzer (Blackburn Rovers), Moritz Volz (Arsenal) und Christian Ziege (Tottenham Hotspurs). Jens Lehmann wechselte erst nach Beginn der neuen Saison von Dortmund zu Arsenal und zählt deshalb nicht mit.*

41. In welcher europäischen Hauptstadt spielen die Lokalrivalen Sporting und Benfica? (⚽)

a) Belgrad

b) Stockholm

c) Lissabon

42. Wie heißt die höchste Spielklasse in Spanien? (⚽)

a) Primera División

b) División Uno

c) Seria Fútbol

43. Welches bisher einmalige Kunststück gelang dem Italien-Legionär Oliver Bierhoff in der Saison 1997/98? (⚽)

a) Er wurde als erster Deutscher Torschützenkönig in der italienischen Liga.

b) Er erzielte alle seine Tore mit dem linken Fuß.

c) Er erzielte keines seiner Tore per Elfmeter.

44. In welcher europäischen Hauptstadt ist der RSC Anderlecht zu Hause? (⚽)

a) Brüssel

b) Den Haag

c) Kopenhagen

41. *Antwort c) ist richtig. Zwar sind beide Vereine regelmäßig in den europäischen Wettbewerben vertreten, die großen Erfolge bleiben seit den Sechzigerjahren jedoch aus.*

42. *Antwort a) ist richtig.*

43. *Antwort a) ist richtig. Für seinen damaligen Klub Udinese Calcio schoss er 27 Tore, zwei mehr als sein schärfster Verfolger Ronaldo von Inter Mailand. Dies war gleichzeitig die höchste Trefferausbeute eines einzelnen Spielers in Italien seit 27 Jahren.*

44. *Antwort a) ist richtig. Anderlecht ist ein Stadtteil der belgischen Landeshauptstadt Brüssel.*

45. Moskau ist die Fußball-Metropole Russlands. Nenne zwei Klubs aus der Hauptstadt, die im Jahr 2003 im russischen Oberhaus vertreten waren! (Pro richtige Nennung bekommst du einen ⚽.)

46. In welchem osteuropäischen Land spielen die Vereine Lech Posen, Widzew Lodz und Gornik Zabrze? (⚽)

a) Slowakei

b) Tschechien

c) Polen

47. Vermutlich magst du Spagetti Napoli. Die Stadt, nach der diese Nudel-Variante benannt wurde, hat einen berühmten Verein. Wie heißt er? (⚽)

a) AC Ravioli

b) SSC Neapel

c) AC Parma

48. Robin Hood lebte im Sherwood Forest in der Nähe einer Stadt, deren Sheriff ihm das Leben schwer machte. Wie heißt der Klub, der in dieser Stadt zu Hause ist? (⚽)

a) FC Sherwood Forest

b) Nottingham Forest

c) Robin Hood FC

45. *Die sechs Moskauer Vereine in der russischen »Vischaya« (1. Liga) waren Spartak, ZSKA, Lokomotive, Dynamo, Torpedo und Torpedo-SIL.*

46. *Antwort c) ist richtig. Im internationalen Fußballgeschäft treten die Polen nur selten erfolgreich in Erscheinung. Finalteilnahmen haben Seltenheitswert, allein Gornik Zabrze erreichte einmal das Endpiel im Pokalsiegerwettbewerb, das der Verein aber 1970 gegen Manchester City verlor.*

47. *Antwort b) ist richtig. Seine erfolgreichsten Jahre hatte der Klub mit Diego Maradona, als Neapel Ende der Achtzigerjahre Meister, Pokalsieger und UEFA-Cup-Gewinner wurde.*

48. *Antwort b) ist richtig. Seine beste Zeit hatte Nottingham Ende der Siebzigerjahre, als man englischer Landesmeister (1978), Ligapokalsieger (1978 und 79) sowie Europapokalsieger der Landesmeister (1979 und 1980) wurde.*

49. Woher kommt der Name des englischen Vereins Sheffield Wednesday (Wednesday=Mittwoch)? (⚽)

a) Als der Verein gegründet wurde, spielte man nur mittwochs.

b) Als Sheffield FC gegründet, nannte man sich später zu Ehren des Gründers Alan Wednesday um.

c) Man wollte den Lokalrivalen Sheffield Sunday aufs Korn nehmen.

50. Wo spielt der Verein Vaasa PS? (⚽)

a) Das ist gar kein Verein, sondern ein Knäckebrot!

b) Finnland

c) Schweden

51. Wo wird nicht in der »Superliga« gekickt? (⚽)

a) Dänemark

b) Frankreich

c) Türkei

52. Wie wird das Team von Real Madrid ehrfurchtsvoll genannt? (⚽)

a) Die Königlichen

b) Die Glorreichen

c) Die Realisten

49. *Antwort a) ist richtig. Mitglieder eines Cricket-Clubs gründeten 1867 den Football Club Sheffield Wednesday. Es waren die Cricketspiele, die stets an einem Mittwoch stattfanden.*

50. *Antwort b) ist richtig.*

51. *Antwort b) ist richtig. In Frankreich spielt man in der France Ligue 1.*

52. *Antwort a) ist richtig. 1920 entschied der spanische König Alfons XIII., dass der Name »Real« nur für den Verein aus der Hauptstadt reserviert ist. Dank dieser besonderen Zuwendung kam die Bezeichnung »die Königlichen« zu Stande. Real Madrid wurde durch seine sportlichen Erfolge diesem Namen voll gerecht.*

53. Welcher italienische Klub wird »Die alte Dame« genannt? (⚽)
a) AC Mailand
b) Juventus Turin
c) AS Rom

54. Wie wird die italienische erste Liga genannt? (⚽)
a) Serie A
b) Seria Italia
c) Liga Nazionale

55. Wie wird die höchste englische Spielklasse genannt? (⚽)
a) First Division
b) Premier League
c) Royal League

56. Welches äußerst seltene Kunststück innerhalb einer Saison gelang bisher nur dem IFK Göteborg, Ajax Amsterdam, PSV Eindhoven, Celtic Glasgow und Manchester United? (⚽)
a) Sie gewannen zwar die Champions League, stiegen aber aus ihren nationalen Ligen ab.
b) Sie schafften das so genannte Triple – Champions League, Landesmeisterschaft und Pokalsieg.
c) Sie spielten so fair, dass kein einziger Spieler eine rote Karte bekam.

53. *Antwort b) ist richtig. Turin gilt als der Geburtsort des italienischen Fußballs und Juventus ist einer der ältesten Vereine des Landes – daher der Name. Juve ist Rekordmeister und musste noch niemals aus der ersten Division absteigen.*

54. *Antwort a) ist richtig. Die folgenden Ligen heißen dementsprechend Serie B, C und D.*

55. *Antwort b) ist richtig. Die Premier League besteht aus 20 Mannschaften, wobei drei Mannschaften am Saisonende absteigen. Die drei besten Teams aus der First Division, der zweiten Liga, steigen am Ende der Saison auf.*

56. *Antwort b) ist richtig. Celtic schaffte diese besondere Leistung 1967, Ajax 1972, Göteborg 1982, PSV 1988 und Manchester 1999.*

57. Nach welchem Hollywood-Star ist das Stadion von Sturm Graz und dem Grazer AK benannt? (⚽)

a) Bruce Willis

b) Julia Roberts

c) Arnold Schwarzenegger

57. *Antwort c) ist richtig. Die Arena heißt Arnold-Schwarzenegger-Stadion und wurde 1998 eingeweiht. Der Schauspieler kommt ursprünglich aus Graz und benutzte im alten Liebenauer Stadion einen Kraftraum zum Muskeltraining.*

Internationaler Vereinsfußball

FRAGEN

58. Zwischen den beiden besten Mannschaften von zwei Kontinenten wird seit 1960 der Weltpokal ausgespielt. Aus welchen Kontinenten kommen die Finalteilnehmer dieser inoffiziellen Klub-Weltmeisterschaft? (⚽⚽⚽)

59. Wer war der erste deutsche Weltpokalsieger? (⚽)
a) Borussia Dortmund
b) Borussia Mönchengladbach
c) Bayern München

60. Wo findet seit 1980 jährlich das Endspiel um den Weltpokal statt? (⚽)
a) Tokio
b) Rio de Janeiro
c) New York

61. Was bedeutet eigentlich die Abkürzung »UEFA«? (⚽)
a) Union Européenne de Football Association
b) United English Football Association
c) Untere Erstliga-Fußball Arbeitsgemeinschaft

ANTWORTEN

58. *Südamerika und Europa. Aus Europa kommt der Sieger der Champions League, der südamerikanische Fußballverband schickt den Copa-Libertadores-Sieger ins Rennen, den dortigen Pokalsieger der Landesmeister.*

59. *Antwort c) ist richtig. 1976 gewannen die Bayern den Weltpokal, der damals noch mit einem Hin- und Rückspiel ermittelt wurde, gegen Cruzeiro Belo Horizonte aus Brasilien. Das erste Spiel gewannen die Münchner zu Hause mit 2:0, sodass im zweiten Spiel das 0:0 in Belo Horizonte zum Titelgewinn ausreichte.*

60. *Antwort a) ist richtig. Seit der Weltpokal in der japanischen Hauptstadt ausgerichtet wird, gibt es nur noch ein Spiel. Bei einem Unentschieden nach 90 Minuten wird das Spiel um zweimal 15 Minuten verlängert. Danach muss ein Elfmeterschießen die Entscheidung bringen.*

61. *Antwort a) ist richtig. Die Abkürzung ist französisch und bedeutet auf Deutsch europäischer Fußballverband. Die Organisation wurde 1954 mit 30 europäischen Verbänden gegründet. Vorbild war der seit 1916 bestehende südamerikanische Fußballverband.*

62. Und was bedeutet die Abkürzung »FIFA«? (⚽)

a) Fußball im freien Afrika

b) Football International for Australia

c) Fédération Internationale de Football Association

63. Welches deutsche Team gewann 2001 den Weltpokal? (⚽)

a) Bayern München

b) Bayer Leverkusen

c) Borussia Dortmund

64. Was ist »Gazetta dello Sport«? (⚽)

a) Ein italienischer Fußballverein.

b) Ein reichhaltiges Nudelgericht, das extra für Fußballspieler kreiert wurde.

c) Die größte und bedeutendste Fußballzeitung in Italien.

65. Auf Schwedisch heißt es »mål«, auf Englisch »goal«, auf Italienisch »rete«. Was ist gemeint? (⚽)

a) Eckball

b) Schiedsrichter

c) Tor

62. Antwort c) ist richtig. Der Fußballweltverband wurde 1904 in Paris gegründet – daher der französische Name. Der FIFA sind die Verbände der Kontinente untergeordnet, z. B. auch die UEFA.

63. Antwort a) ist richtig. Die Bayern setzten sich mit 1:0 gegen den südamerikanischen Vertreter von Boca Juniors Buenos Aires durch. Zuletzt hatte mit Borussia Dortmund 1997 ein deutscher Klub diese Trophäe ergattern können (2:0 gegen Cruzeiro Belo Horizonte).

64. Antwort c) ist richtig. Die auf rosa Papier gedruckte Zeitung ist die Lieblingslektüre der fußballverrückten Italiener und berichtet hauptsächlich aus der Welt des runden Leders.

65. Antwort c) ist natürlich richtig.

66. Auf Holländisch heißt es »strafschop«, auf Englisch »penalty« und auf Dänisch »staffespark«. Was ist gemeint? (⚽)

a) Elfmeter
b) Freistoß
c) Einwurf

67. Wie hieß in der Saison 2003/04 die chinesische Fußball-Liga? (⚽)

a) Siemens Mobile-Liga
b) Liga zu Ehren des großen Mao Tse-Tung
c) Bruce-Lee-Ga

68. Wer wurde zu Europas Fußballer des Jahres 2002 gekürt? (⚽)

a) Ronaldo
b) Oliver Kahn
c) Roberto Carlos

69. Welcher Verein gewann am häufigsten die Copa Libertadores, die südamerikanische Champions League? (⚽)

a) Boca Juniors Buenos Aires
b) Independiente de Avellaneda
c) River Plate Buenos Aires

66. *Antwort a) ist richtig.*

67. *Antwort a) ist richtig. Im Jahr zuvor davor hieß sie Pepsi-Cola-Liga, und von 1994–1999 Marlboro-Liga. Geschäfte und Werbung werden heutzutage eben sogar mit den Namen von Fußball-Ligen gemacht . . .*

68. *Antwort a) ist richtig. Ronaldo (Real Madrid) siegte klar vor Roberto Carlos (ebenfalls Real) und Oliver Kahn vom FC Bayern.*

69. *Antwort b) ist richtig. Der Club Atlético Independiente de Avellaneda aus dem Großraum Buenos Aires in Argentinien konnte insgesamt siebenmal die begehrteste Trophäe des südamerikanischen Vereinsfußballs erobern: 1964, 1965, 1972–75 und 1984.*

70. Wo wird nicht in der Bundesliga gespielt? ( )

a) Deutschland

b) Schweiz

c) Österreich

71. Welcher Österreicher ist einer der erfolgreichsten Trainer Europas? ( )

a) Ernst Happel

b) Herbert Prohaska

c) Hans Krankl

70. *Antwort b) ist richtig. Die schweizerische Meisterschaft wird in der Nationalliga A ausgespielt.*

71. *Antwort a) ist richtig. Happel konnte 19 Titel gewinnen. Unter anderem gewann er zweimal den Europapokal der Landesmeister mit dem HSV und Feyenoord Rotterdam. Hinzu kommen neun nationale Meistertitel und sieben Pokalsiege in Belgien, Deutschland, den Niederlanden und Österreich. Krönung war der Gewinn des Weltpokals 1972 mit Feyenoord. Happel starb 1992. Erfolgreicher als er waren nur Alex Ferguson (bisher 22 Titel mit dem FC Aberdeen und Manchester United) und Bob Paisley (20 Titel mit dem FC Liverpool).*

Die Punktewertung

In dieser Rubrik konntest du insgesamt **79 Punkte** erreichen.

60 bis 79 Punkte:
Mann, oh Mann, wenn du ebenso gut Fußball spielen kannst, wie du dich im internationalen Fußball auskennst, dürften bald die besten Teams der Champions League vor dir zittern. Mit deinem Wissen kickst du auf höchster Ebene – der Weltpokal ist zum Greifen nahe. Bei der Wahl zu Europas Fußballgehirn des Jahres liegst du ganz weit vorne!

30 bis 59 Punkte:
Beeindruckende Leistung, du kennst dich schon ziemlich gut aus. Momentan spielst du schon in der Champions League des Wissens gut mit. Für das Finale reicht es aber noch nicht ganz. Wenn du jedoch weitertrainierst, bist du bestimmt bald reif fürs Endspiel!

0 bis 29 Punkte:
Im UEFA-Cup bist du dabei – aber du bist bestimmt motiviert genug bald ganz oben mitzuhalten. Die Konkurrenz ist zwar groß, aber: Ohne Fleiß kein Preis!

Vierte Quizrunde – Nationalmannschaften

Europameisterschaften

FRAGEN

1. Wer wurde im Jahr 2000 Europameister? (⚽)
a) Frankreich
b) Italien
c) Spanien

2. Wo fand die EM 2000 statt? (⚽)
a) Niederlande/Belgien
b) Österreich/Schweiz
c) Luxemburg/Liechtenstein

3. Welche beiden Spieler wurden bei der EM 2000 gemeinsam Torschützenkönig? (⚽)
a) Patrick Kluivert und Savo Milosevic
b) Alan Shearer und Christian Vieri
c) Thierry Henry und Roy Makaay

4. Wann konnte Deutschland zuletzt die EM gewinnen? (⚽)
a) 1996
b) 1986
c) 1976

ANTWORTEN

1. *Antwort a) ist richtig. Frankreich setzte sich im Endspiel mit 2:1 gegen Italien durch. Die Tore schossen Wiltord und Trezeguet für die Franzosen sowie Delvecchio für die Italiener.*

2. *Antwort a) ist richtig. Zum ersten Mal fand eine EM in zwei Ländern statt. Auf Grund der guten Erfahrungen in Belgien und den Niederlanden bekamen für die EM 2008 erneut zwei Länder den Zuschlag – aber dazu mehr in Frage 10 . . .*

3. *Antwort a) ist richtig. Patrick Kluivert (Niederlande) und Savo Milosevic (Jugoslawien) trafen jeweils fünfmal ins Schwarze.*

4. *Antwort a) ist richtig. Im Finale setzte sich Deutschland mit 2:1 gegen Tschechien durch. Beide Treffer erzielte Oliver Bierhoff.*

5. Wie hieß bei der EM 2000 der deutsche Bundestrainer? (⚽)

a) Berti Vogts

b) Erich Ribbeck

c) Rudi Völler

6. Welche bei der EM 1996 erstmals erprobte Neuregelung brachte der deutschen Mannschaft den Titelgewinn? (⚽)

a) 10-Minuten-Zeitstrafen

b) drei Ecken = ein Elfmeter

c) das Golden Goal

7. Die Nationalmannschaft welches heute nicht mehr existierenden Staates wurde 1960 der erste Europameister der Geschichte? (⚽)

a) Sowjetunion

b) Tschechoslowakei

c) DDR

8. Wer schoss bislang die meisten Tore bei einer EM-Endrunde? (⚽)

a) Marco van Basten

b) Alan Shearer

c) Michel Platini

5. Antwort b) ist richtig. Nach der blamablen Vorstellung der deutschen Mannschaft und dem sang- und klanglosen Ausscheiden in der Vorrunde musste Ribbeck jedoch den Trainerstuhl räumen. Rudi Völler wurde als Nachfolger bestimmt.

6. Antwort c) ist richtig. Nachdem es nach 90 Minuten 1:1 gestanden hatte, brachte Oliver Bierhoffs Treffer in der fünften Minute der Verlängerung den Deutschen den Sieg.

7. Antwort a) ist richtig. 1960 setzte sich die Sowjetunion (UdSSR) im Finale mit 2:1 nach Verlängerung gegen Jugoslawien durch. Die UdSSR hat sich in den frühen Neunzigerjahren des letzten Jahrhunderts aufgelöst. Stattdessen sind jetzt die ehemaligen Teilrepubliken selbstständige Staaten und haben eigene Nationalmannschaften, z. B. Russland, die Ukraine oder Armenien.

8. Antwort c) ist richtig. Bei der EM 1984 traf Platini neunmal für Frankreich, das in jenem Jahr auch den Titel holen konnte. Auf je fünf Treffer kamen Marco van Basten (1988), Alan Shearer (1996) sowie Patrick Kluivert und Savo Milosevic (2000).

9. Welches waren die deutschen Gruppengegner in der Qualifikation zur EM 2004? ()

a) Türkei, Finnland, Moldawien, Nordirland

b) Bulgarien, Wales, Georgien, Albanien

c) Island, Schottland, Litauen, Färöer

10. Wo findet die EM 2008 statt? ()

a) Österreich/Schweiz

b) Österreich/Ungarn

c) Österreich/Tschechien

11. Welchen EM-Negativrekord stellte die Türkei 1996 auf? ()

a) Sie errangen weder einen Punkt noch ein Tor.

b) Sie bekamen insgesamt fünf rote Karten.

c) Sie verloren alle Spiele zweistellig.

12. Am längsten ohne Gegentor bei einer EM blieb Italiens Torwartlegende Dino Zoff. Wie lange hielt er seinen Kasten sauber? ()

a) 123 Minuten

b) 323 Minuten

c) 523 Minuten

__9.__ Antwort c) ist richtig. Die Länder in Antwort a) waren die Gruppengegner der Qualifikation zur EM 2000, in Antwort b) diejenigen zur EM 1996.

__10.__ Antwort a) ist richtig. Es scheint sich immer mehr durchzusetzen, dass zwei Länder ein großes Turnier ausrichten. Zuletzt fand in Japan und Südkorea die WM 2002 statt.

__11.__ Antwort a) ist richtig. Gegen Kroatien und Portugal gab es jeweils eine 0:1-Niederlage und gegen Dänemark bezog man gar eine 0:3-Schlappe. So schlecht war bis dato noch keine Mannschaft gewesen.

__12.__ Antwort b) ist richtig. 1996 hätte Andy Köpke diesen Rekord fast eingestellt: 321 Minuten lang kassierte der deutsche Torwart kein Gegentor, bis er im Viertelfinale gegen Kroatien doch bezwungen wurde.

13. Wo findet die EM 2004 statt? (⚽)
a) Spanien
b) Spanien und Portugal
c) Portugal

14. Welches waren die Gruppengegner der Schweiz in der Qualifikation zur EM 2004? (⚽)
a) Irland, Russland, Albanien, Georgien
b) Italien, Dänemark, Wales, Weißrussland
c) Türkei, Schweden, Ungarn, Island

15. Welches waren die Gruppengegner Österreichs in der Qualifikation zur EM 2004? (⚽)
a) Tschechien, Niederlande, Moldawien, Weißrussland
b) Spanien, Israel, Zypern, San Marino
c) Portugal, Irland, Nordirland, Lettland, Liechtenstein

16. Wann nahm die Schweiz letztmalig – vor der EM 2004 – an einer Europameisterschaft teil? (⚽)
a) 2000
b) 1996
c) 1992

13. *Antwort c) ist richtig. Zum ersten Mal richtet das Land in Europas Südwesten ein größeres internationales Fußballturnier aus.*

14. *Antwort a) ist richtig.Die Länder in den Antworten b) und c) waren die Gegner in der Qualifikation zu den EM-Turnieren 2000 bzw. 1996.*

15. *Antwort a) ist richtig. Die Länder in den Antworten b) und c) waren die Gegner in der Qualifikation zu den EM-Turnieren 2000 bzw. 1996.*

16. *Antwort b) ist richtig. In der Vorrunde kam jedoch das frühe Aus nach Niederlagen gegen Schottland und die Niederlande, sowie einem 1:1 gegen Gastgeber England.*

Weltmeisterschaften

FRAGEN

17. Wer wurde 2002 Weltmeister? (⚽)

18. Wer wurde bei der WM 2002 Torschützenkönig? (⚽)
a) Miroslav Klose
b) Ronaldo
c) Rivaldo

19. Welche besondere Ehre wurde dem brasilianischen Kapitän Cafu im WM-Finale 2002 zuteil? (⚽)
a) Als bisher einziger Spieler nahm er bei drei aufeinander folgenden WM-Endspielen teil.
b) Er war der älteste Spieler, der je Weltmeister wurde.
c) Er wurde zum schönsten Mann des Turniers gewählt.

20. Wer waren die deutschen Gruppengegner bei der WM 2002 in Korea und Japan? (⚽)
a) Jugoslawien, USA, Iran
b) Jugoslawien, Kolumbien, Vereinigte Arabische Emirate
c) Irland, Kamerun, Saudi-Arabien

ANTWORTEN

17. *Okay, das war aber nun eine wirklich einfache Frage! Die richtige Antwort ist natürlich Brasilien. Wahrscheinlich habt ihr alle das 2:0 der Samba-Kicker gegen Deutschland im Fernsehen gesehen.*

18. *Antwort b) ist richtig. Acht Treffer konnte der Stürmerstar der »Selecao« erzielen, gefolgt von Rivaldo und Klose mit je fünf Toren.*

19. *Antwort a) ist richtig. Der 32-Jährige vom AS Rom stand jeweils 2002, 1998 und 1994 mit Brasilien im Finale. Zweimal, 2002 und 1994, ging er als Weltmeister vom Platz. Das hat vor ihm noch niemand geschafft.*

20. *Antwort c) ist richtig.*

21. Der 1:0-Siegtreffer beim WM-Finale 1990 Deutschland gegen Argentinien fiel durch einen Strafstoß. Wer war der Schütze? (⚽)

a) Rudi Völler

b) Lothar Matthäus

c) Andy Brehme

22. Warum fielen die WM-Turniere 1942 und 1946 aus? (⚽)

a) Kein Land wollte die Mühen der Organisation auf sich nehmen.

b) wegen des Zweiten Weltkriegs

c) wegen des schlechten Wetters

23. Wie oft wurde Deutschland schon Weltmeister? (⚽⚽)

24. Einem einzigen Land gelang es bisher, fünfmal die WM zu gewinnen. Welches Land ist das? (⚽)

a) Italien

b) Brasilien

c) Uruguay

21. Antwort c) ist richtig. In der 85. Minute behielt Brehme, damals bei Inter Mailand unter Vertrag, die Nerven. Der Treffer war glücklich, aber verdient. 90 Minuten lang war von Argentinien fast nichts zu sehen gewesen.

22. Antwort b) ist richtig. Deutschland begann 1939 den Zweiten Weltkrieg, der bis 1945 andauerte. In dieser Zeit hatte die Welt andere Sorgen, als Fußballturniere auszurichten. Erst 1950 fand wieder eine Weltmeisterschaft in Brasilien statt.

23. Deutschland wurde dreimal Weltmeister. Den ersten Erfolg gab es 1954 gegen Ungarn, der zweite Titel konnte 1974 im eigenen Land gegen Holland errungen werden. Den letzten WM-Sieg konnte man 1990 in Italien feiern.

24. Antwort b) ist richtig. Brasilien gewann 1958 in Schweden, 1962 in Chile, 1970 in Mexiko, 1994 in den USA und 2002 in Japan/Korea. Italien war dreimal erfolgreich, Uruguay zweimal.

25. Welcher Titelverteidiger schied bei der nachfolgenden WM ohne Sieg und ohne Tor bereits in der Vorrunde sang- und klanglos aus? (⚽)

a) Brasilien
b) Frankreich
c) Deutschland

26. Welches Land stand häufiger in einem WM-Endspiel? (⚽)

a) Deutschland
b) Brasilien
c) beide gleich oft

27. Wer braucht sich nicht für die WM 2006 in Deutschland zu qualifizieren? (⚽)

a) Der Gastgeber Deutschland und der Titelverteidiger Brasilien.
b) Nur der Gastgeber Deutschland.
c) Alle Mannschaften müssen sich qualifizieren.

28. 2002 stand ein Stürmer im deutschen WM-Aufgebot, ohne in der abgelaufenen Bundesliga-Saison ein einziges Tor erzielt zu haben. Wer war das? (⚽)

a) Oliver Bierhoff
b) Carsten Jancker
c) Oliver Neuville

25. *Antwort b) ist richtig. Frankreich schied bei der WM 2002 sensationell aus, nachdem die zuvor als Titelfavorit gehandelte Elf mit 0:1 gegen den Senegal, 0:0 gegen Uruguay und 0:2 gegen Dänemark sich nicht gerade mit Ruhm bekleckert hatte.*

26. *Antwort c) ist richtig. Siebenmal erreichten beide Länder ein WM-Endspiel. Brasilien gewann fünfmal, Deutschland dreimal. Zu einem direkten Aufeinandertreffen kam es jedoch erst bei der WM 2002.*

27. *Antwort b) ist richtig. Bis zur WM 2002 war automatisch auch der Titelverteidiger qualifiziert. Für 2006 wurde diese Regelung abgeschafft.*

28. *Antwort b) ist richtig. Damals noch in Diensten von Bayern München, kam Jancker auf immerhin drei WM-Einsätze und erzielte beim 8:0 gegen Saudi-Arabien schließlich sein einziges Tor der gesamten Saison 2001/2002.*

29. Welches Land nahm als einziges an bisher allen Weltmeisterschaften teil? (⚽)

a) Deutschland

b) Niederlande

c) Brasilien

30. Wer erzielte 2002 das schnellste WM-Tor aller Zeiten? (⚽)

a) Hakan Sükür/Türkei

b) Miroslav Klose/Deutschland

c) David Beckham/England

31. Welcher gebürtige Bayer war der erfolgreichste WM-Torschütze für die Türkei bei der WM 2002? (⚽)

a) Yildiray Bastürk

b) Ümit Davala

c) Ilhan Mansiz

29. *Antwort c) ist richtig.*

30. *Antwort a) ist richtig. Hakan Sükür war im Spiel um Platz drei bereits nach elf Sekunden erfolgreich. Die Türken gewannen das Spiel übrigens mit 3:2 gegen Südkorea.*

31. *Antwort c) ist richtig. Ilhan Mansiz wurde in Kempten/Allgäu geboren und wuchs dort auf. Seine Tore schießt der Stürmerstar, zur WM bei Besiktas Istanbul unter Vertrag und Torschützenkönig der türkischen Liga, jedoch lieber für das Land seiner Eltern am Bosporus. Drei Treffer erzielte Mansiz bei der WM.*

32. Einer der Helden der WM 2002 war der Koreaner Jung Hwan Ahn, der mit seinem Golden Goal zum 2:1 gegen Italien die Südkoreaner ins Halbfinale schoss. Wie war die Reaktion des Präsidenten vom AC Perugia, dem italienischen Klub, bei dem Ahn unter Vertrag stand? (⚽)

a) Er ließ Ahn ein Denkmal setzen – noch nie hatte ein Spieler von Perugia dermaßen für Aufsehen gesorgt.

b) Er entließ Ahn mit den Worten: »Er hat unseren Fußball ruiniert!«

c) Er bekam vor Schreck einen Herzinfarkt.

33. Bei der WM 1994 gab es in der deutschen Mannschaft einen Skandal: Stefan Effenberg wurde wegen einer beleidigenden Geste aus dem Team geworfen. Was hatte er getan? (⚽)

a) Er zeigte dem Publikum seinen ausgestreckten Mittelfinger (»Stinkefinger«).

b) Er hielt einem Gegenspieler sein blankes Hinterteil vor die Nase.

c) Er zeigte Trainer Berti Vogts einen Vogel.

34. Wie oft scheiterte die deutsche Nationalmannschaft in der WM-Qualifikation? (⚽)

a) noch nie

b) einmal

c) zweimal

32. *Antwort b) ist richtig. Präsident Luciano Gaucci schäumte vor Wut über Italiens Ausscheiden: »Wer Italien eliminiert, kommt nicht zurück!«*

33. *Antwort a) ist richtig. Eine solche Geste ist sehr unsportlich. Berti Vogts zog daraus die Konsequenzen und verbannte Effenberg aus der Nationalmannschaft.*

34. *Antwort a) ist richtig. 15-mal trat Deutschland an – und jedes Mal konnte die Mannschaft sich qualifizieren. 1930 und 1950 war Deutschland nicht angetreten.*

35. »Was man nicht im Kopf hat, hat man eben in den Beinen« – es gibt viele Vorurteile gegenüber der Intelligenz von Fußballspielern. Was schätzt du: Von den 23 Spielern im deutschen WM-Aufgebot von 2002 hatten wie viele Abitur? (⚽)

a) keiner

b) alle

c) elf

36. Ein einziges WM-Endspiel wurde bisher im Elfmeterschießen entschieden. Weißt du, wann das war? (⚽)

a) 1990

b) 1994

c) 1998

37. Welches Land stellte das erfolgloseste Team der WM 2002? (⚽)

a) Saudi-Arabien

b) China

c) Slowenien

38. Welches Land kassierte die höchste Niederlage der WM 2002? (⚽)

a) Saudi-Arabien

b) China

c) Slowenien

35. *Antwort c) ist richtig. Wer hätte das gedacht? Alle anderen Spieler haben auch mindestens ihre mittlere Reife oder eine Berufsausbildung gemacht. Man kann also Fußball spielen und zur Schule gehen sehr gut miteinander verbinden.*

36. *Antwort b) ist richtig. Im Finale Italien – Brasilien hatten die Südamerikaner am Ende die besseren Nerven. Nach 120 Minuten hatte es 0:0 gestanden – das Elfmeterschießen entschieden die Brasilianer mit 3:2 für sich.*

37. *Antwort a) ist richtig. Drei Spiele, drei Niederlagen, null Punkte und 0:12 Tore – die Saudis mussten bitteres Lehrgeld bezahlen. Nicht wesentlich besser erging es China (null Punkte, 0:9 Tore) und Slowenien (null Punkte, 2:7 Tore).*

38. *Antwort a) ist richtig. Die armen Saudis hatten es wirklich nicht leicht. Gleich mit 0:8 kamen sie gegen Deutschland unter die Räder.*

39. Was schätzt du: Wie viele Tore fielen bei der WM 2002 im Durchschnitt pro Spiel? (⚽)

a) 1,5

b) 2,5

c) 3,5

40. Wie viele rote und gelb-rote Karten erhielt die deutsche Elf bei der WM 2002? (⚽)

a) drei

b) keine

c) eine

41. Wer steht seit der WM 1998 als die Nummer eins im Tor der deutschen Nationalelf? (⚽)

42. Wer war bei der WM 2002 der Mannschaftskäpitän der deutschen Nationalelf? (⚽)

a) Michael Ballack

b) Oliver Kahn

c) Carsten Ramelow

43. Wer wurde bei der WM 2002 zum besten Spieler des Turniers gewählt? (⚽)

a) Ronaldo

b) Oliver Kahn

c) David Beckham

39. *Antwort b) ist richtig. Insgesamt fielen 161 Tore in 64 Spielen. Den höchsten Tordurchschnitt pro Spiel gab es bei der WM 1954 (5,4 Tore), der Minusrekord wurde 1990 in Italien aufgestellt (2,2 Tore).*

40. *Antwort c) ist richtig. Im letzten Gruppenspiel gegen Kamerun wurde Carsten Ramelow von Bayer Leverkusen mit Gelb-Rot des Feldes verwiesen.*

41. *Natürlich Oliver Kahn.*

42. *Antwort b) ist richtig. Olli Kahn war die tragende Säule bei Deutschlands überraschendem Einzug ins WM-Endspiel.*

43. *Antwort b) ist richtig. Und wieder Oliver Kahn. Trotz seines Patzers im Finalspiel gegen Brasilien wurde der deutsche Torwart mit 25 Prozent der Stimmen zum Spieler des Turniers gewählt – noch vor Ronaldo mit 21 Prozent.*

44. Wann nahm die Schweiz letztmalig an einer Weltmeisterschaft teil? (⚽)

a) 2002

b) 1998

c) 1994

45. Wann nahm Österreich letztmalig an einer Weltmeisterschaft teil? (⚽)

a) 2002

b) 1998

c) 1994

46. Ein gebürtiger Schweizer stand im Endspiel der WM 2002. Wer war das? (⚽)

a) Oliver Neuville

b) Miroslav Klose

c) Gerald Asamoah

47. Wie oft nahm die Schweiz an einer WM-Endrunde teil? (⚽)

a) einmal

b) viermal

c) sechsmal

48. Zu Beginn der Saison 2003/04 spielte auch ein Spieler aus der brasilianischen Weltmeisterelf von 2002 in der Bundesliga. Weißt du, welcher? (⚽⚽)

44. *Antwort c) ist richtig. Als Vorrundenzweiter (hinter Rumänien) ließ die Schweiz in ihrer Gruppe die USA und Kolumbien hinter sich. Im Achtelfinale mussten sich die Eidgenossen jedoch den Spaniern mit 0:3 geschlagen geben.*

45. *Antwort b) ist richtig. Bei der WM in Frankreich kam das Aus jedoch schon in der Vorrunde. Die Gruppe mit Italien, Chile und Kamerun erwies sich als zu stark. Als Drittplatzierte schieden die Österreicher aus.*

46. *Antwort a) ist richtig. Neuville wurde in Locarno in der Schweiz geboren. Aber auch die anderen beiden Spieler erblickten das Licht der Welt nicht in Deutschland: Klose in Oppeln/Polen und Asamoah in Mampong/Ghana.*

47. *Antwort b) ist richtig. Die Schweiz qualifizierte sich 1934, 1938, 1954 und 1994.*

48. *Die richtige Antwort lautet natürlich Lucio von Bayer Leverkusen. Der lange Abwehrmann kam bei allen sieben Spielen der Brasilianer zum Einsatz.*

Nationalmannschaften – Verschiedenes

FRAGEN

49. Wer ist der deutsche Rekord-Nationalspieler? (⚽)
a) Lothar Matthäus
b) Franz Beckenbauer
c) Jürgen Klinsmann

50. Lothar Matthäus ist ebenfalls WM-Rekordspieler. Wie viele Einsätze hat er auf dem Buckel? (⚽)
a) 27
b) 25
c) 20

51. Wie wird Frankreichs Nationalelf auch genannt? (⚽)
a) L'équipe tricolore
b) L'équipe francaise
c) L'équipe football

52. Im Jahr 2002 kassierte die deutsche Nationalelf eine der höchsten Niederlagen seit Jahrzehnten in einem WM-Qualifikations-Heimspiel. Gegen England gerieten die Mannen von Rudi Völler gehörig unter die Räder. Wie lautete der Endstand? (⚽)
a) 0:4
b) 0:5
c) 1:5

ANTWORTEN

49. *Antwort a) ist richtig. Mit 150 Einsätzen (zwischen 1980 und 2000) ist er mit Abstand der Länderspielkönig, gefolgt von Jürgen Klinsmann (108 Einsätze, 1987–1998). Franz Beckenbauer brachte es immerhin auf stolze 103 Einsätze (1965–1977).*

50. *Antwort b) ist richtig. Nach der WM 1998 hat Mätthäus nunmehr 25 Einsätze auf seinem Konto zu verbuchen, das ist Weltrekord. Von 1982 bis 1998 war er bei jeder WM dabei. Den zweiten Platz teilen sich übrigens Uwe Seeler, der Pole Zmuda und Argentiniens Maradonna mit je 21 Einsätzen.*

51. *Antwort a) ist richtig. Übersetzt heißt es so viel wie »die Mannschaft der Trikolore«, womit die dreifarbige französische Landesflagge gemeint ist.*

52. *Antwort c) ist richtig. Nach Carsten Janckers frühem 1:0 schien für Rudi Völlers Elf zunächst alles nach Plan zu laufen. Dann jedoch drehten die Engländer das Spiel noch herum: Drei Tore von Michael Owen sowie je ein Treffer von Gerrard und Heskey machten das Debakel perfekt.*

53. Die Nationalspieler Michael Ballack, Bernd Schneider, Carsten Ramelow und Oliver Neuville von Bayer Leverkusen errangen in der Saison 2001/02 insgesamt wie viele Vizetitel mit ihrem Klub und in der Nationalmannschaft? (⚽)

a) drei

b) vier

c) fünf

54. Für welche Spielweise waren die Fußballmannschaften aus Großbritannien früher bekannt? (⚽)

a) Kick and Rush

b) Hauruck-Fußball

c) kontrollierte Defensive

55. Gegen welches Land bestritt Österreich bisher die meisten Länderspiele? (⚽)

a) Deutschland

b) Schweiz

c) Ungarn

56. Wer ist der Rekord-Torschütze der österreichischen Nationalelf (Stand 2003)? (⚽)

a) Hans Krankl

b) Toni Polster

c) Andreas Herzog

__53.__ Antwort b) ist richtig. Die Ärmsten waren wirklich vom Pech verfolgt: Mit ihrem Klub wurden sie Deutscher Vizemeister, im DFB-Pokal wurden sie Zweiter, das Champions-League-Finale verloren sie und schließlich mussten sie sich auch noch im WM-Endspiel mit der Nationalmannschaft Brasilien geschlagen geben.

__54.__ Antwort a) ist richtig. Übersetzt bedeutet »Kick and Rush« in etwa »Schießen und Rennen«. In diesem System gibt es keinen taktischen Spielaufbau. Der Ball wird mehr oder weniger planlos nach vorne gedroschen – in der Hoffnung, der oder die Stürmer können ein Tor daraus machen.

__55.__ Antwort c) ist richtig. In 135 Partien trafen die beiden Länder aufeinander (Stand: September 2003) – 40-mal siegten die Österreicher, 65-mal die Ungarn, 30-mal trennte man sich unentschieden. Das Torverhältnis: 251:297 zu Ungunsten Österreichs.

__56.__ Antwort b) ist richtig. Toni Polster kam zwischen 1987 und 2000 auf insgesamt 44 Treffer in 95 Spielen, gefolgt von Hans Krankl mit 34 Toren in 69 Länderspielen.

57. Wer ist österreichischer Rekord-Nationalspieler (Stand September 2003)? (⚽)

a) Hans Krankl

b) Toni Polster

c) Andreas Herzog

58. Wie endete das erste Aufeinandertreffen der deutschen und schweizerischen Nationalmannschaften im Jahre 1908? (⚽)

a) 7:5 für Deutschland

b) 4:4 Unentschieden

c) 5:3 für die Schweiz

59. Alle bisherigen Weltmeister kommen von nur zwei Kontinenten. Von welchen? (⚽)

a) Nordamerika und Europa

b) Südamerika und Europa

c) Asien und Europa

60. Die Nationalmannschaft welches Landes wird auch die »squadra azurra« genannt? (⚽)

a) Italien

b) Spanien

c) Portugal

57. *Antwort c) ist richtig. Seit 1988 hat Herzog insgesamt 96 Spiele absolviert und dabei 24 Tore geschossen.*

58. *Antwort c) ist richtig. Seitdem trafen beide Länder noch 46- mal aufeinander – 33-mal siegten die Deutschen, sechsmal gab es ein Unentschieden, siebenmal siegten die Schweizer.*

59. *Antwort b) ist richtig. Nur einmal, nämlich 1930, schafften es die USA, bis ins Halbfinale vorzudringen. In den Endspielen standen bisher nur Länder aus Europa oder Südamerika.*

60. *Antwort a) ist richtig. Es bedeutet so viel wie »die blaue Mannschaft« – wegen der blauen Trikots, mit denen die Italiener meistens auflaufen.*

61. Aus welchem Land kommen die Spieler, die »Oranjes« genannt werden? (⚽⚽⚽)

62. Bei der WM 1986 hatte nicht nur die deutsche Mannschaft unter einer speziellen Form von Rache zu leiden. Um welche Art von Rache handelte es sich?(⚽)

a) Montezumas Rache: eine Bezeichnung für Durchfall, der etliche Spieler außer Gefecht setzte.

b) Die Rache des Kaisers: Franz Beckenbauer war erbost, weil einige Spieler das Training schwänzten. Sie mussten ein Straftraining absolvieren.

c) Die Rache des Popocatepetl: Dieser mexikanische Vulkan drohte auszubrechen und versetzte die WM-Teilnehmer in Angst und Schrecken.

63. Die WM 1994 fand in den USA statt. Wie wird dort Fußball genannt? (⚽)

a) Football

b) Soccer

c) Kick and Rush

64. Wie heißt der Nationaltrainer der Schweiz (Stand September 2003)? (⚽)

a) Gilbert Gress

b) Rolf Fringer

c) Jakob Kuhn

61. *Das sind die Niederlande. Die Bezeichnung kommt von der Trikotfarbe der Niederländer: ein knalliges Orange.*

62. *Antwort a) ist richtig.*

63. *Antwort b) ist richtig. In England sagt man zwar »Football«, aber in den USA ist dieses Wort für den American Football reserviert. Deshalb sagt man dort zu Fußball »Soccer«.*

64. *Antwort c) ist richtig. Jakob »Kübi« Kuhn ist der Nationaltrainer der Eidgenossen. Gress und Fringer sind zwei seiner Amtsvorgänger.*

65. Der afrikanische Fußball hat in den letzten Jahren stark aufgeholt. Wie heißt der dortige Fußballverband? (⚽)

a) CAF = Confederation Africaine de Football

b) AFV = Afrikanischer Fußballverband

c) AUF = African Union for Football

66. Bis 1990 gab es zwei deutsche Staaten: die Bundesrepublik Deutschland und die DDR. Selbstverständlich hatte auch die DDR eine eigene Nationalelf. Wer war der Rekordnationalspieler der DDR-Auswahl? (⚽)

a) Jürgen Sparwasser

b) Jochen Hochwasser

c) Jens Niedrigwasser

67. Wer ist seit Januar 2002 Trainer der österreichischen Nationalmannschaft? (⚽)

a) Herbert Prohaska

b) Otto Baric

c) Hans Krankl

65. *Antwort a) ist richtig. Die CAF wurde 1956 gegründet und gehört seit 1957 der FIFA an.*

66. *Antwort a) ist richtig. In 102 Länderspielen für die DDR brachte er es auf beachtliche 55 Tore.*

67. *Antwort c) ist richtig. Krankl ist der Nachfolger von Otto Baric, der die Nationalmannschaft von 1999 bis 2001 trainierte. Prohaska war von 1993 bis 1999 tätig.*

Internationaler Frauenfußball

FRAGEN

68. Seit wann wird die Frauen-Weltmeisterschaft ausgespielt? (⚽)

a) 1950

b) 1970

c) 1991

69. Wann wurden Deutschlands Fußballfrauen Weltmeister? (⚽)

a) 2003

b) 1995

c) 1999

70. Bei Europameisterschaften waren die deutschen Frauen besonders erfolgreich. Wie oft konnten sie den Titel holen? (⚽)

a) fünfmal

b) viermal

c) dreimal

71. Wann war der Frauenfußball in Deutschland verboten? (⚽)

a) nie

b) 1933–1980

c) 1955–1970

68. *Antwort c) ist richtig. Bei der ersten offiziellen WM in China setzten sich die USA im Finale mit 2:1 gegen Norwegen durch.*

69. *Antwort a) ist richtig. Bei der WM 2003 erzielte Nia Künzer in der 98. Minute das Golden Goal zum 2:1-Erfolg gegen Schweden.*

70. *Antwort a) ist richtig. Die Deutschen sind nahezu auf den EM-Titel abonniert: 1989, 1991, 1995, 1997 und 2001 waren die Fußballfrauen erfolgreich.*

71. *Antwort c) ist richtig. Aus heutiger Sicht war es ein unglaublicher Skandal: Der DFB argumentierte damals allen Ernstes, dass Frauenfußball reine Show sei und die Damen nicht genügend Kondition mitbringen würden. 1970 nahm der DFB das Verbot zum Glück zurück.*

72. Wer ist seit 1996 Trainerin der deutschen Frauen-Fußballnationalmannschaft? (⚽)

a) Tina Theune-Meyer

b) Heidi Mohr

c) Martina Voss

73. Wer schoss bislang die meisten Tore für die deutsche Nationalelf? (⚽)

a) Heidi Mohr

b) Birgit Prinz

c) Bettina Wiegmann

74. Welches Land ist amtierender Frauen-Europameister? (⚽)

a) Italien

b) Schweiz

c) Deutschland

75. Wo wurde die Frauen Weltmeisterschaft 2003 ausgetragen? (⚽)

a) Deutschland

b) China

c) USA

72. *Antwort a) ist richtig. Tina Theune-Meyer löste im August 1996 Gero Bisanz ab, der die deutschen Fußballfrauen seit 1982 betreut hatte.*

73. *Antwort a) ist richtig. Zwischen 1986 und 1996 schoss Heidi Mohr insgesamt 83 Tore.*

74. *Antwort c) ist richtig. Deutschland gewann 2001 im Finale 1:0 durch ein Golden Goal von Claudia Müller gegen Schweden. Es war der fünfte Europameisterschaftstitel für die Frauen-Nationalmannschaft. Das erste Mal gewannen sie den Titel 1989.*

75. *Antwort c) ist richtig. In den USA hat Frauenfußball einen großen Stellenwert. Schon die WM 1999 fand dort statt.*

Die Punktewertung

In dieser Rubrik konntest du insgesamt **79 Punkte** erreichen.

55 bis 79 Punkte:
Gratulation! Mit diesem Wissen hast du das Zeug zum Spielführer, wenn nicht gar zum Ehrenspielführer. Große Turniere sind jedenfalls genau dein Fall.

30 bis 54 Punkte:
Zum Mannschaftskapitän fehlt dir noch die Erfahrung, aber länderspielreif sind deine Fußball-Kenntnisse allemal! Wenn du noch ein wenig in der U21-Nationalelf internationale Erfahrung sammelst, ist es bis zur Weltmeisterschaft kein langer Weg mehr.

0 bis 29 Punkte:
Ein Anfang ist gemacht. Doch noch bist du in der Nationalmannschaft leider nur Reserve. Kopf hoch und denk dran: Oliver Bierhoff musste auch sehr hart für seinen Durchbruch kämpfen und wurde erst mit Ende zwanzig Nationalspieler. Bis dahin hast du ja noch eine Menge Zeit, oder?

Fünfte Quizrunde – Berühmte Persönlichkeiten

FRAGEN

1. Der Spieler Helmut Rahn hat ein sehr wichtiges Tor für die Nationalmannschaft geschossen. Welches war das? (⚽)
a) Das »Golden Goal« im Endspiel um die Europameisterschaft 1996.
b) Ein Ausgleichstreffer gegen Albanien, der Deutschland vor einer Blamage rettete.
c) Das entscheidende 3:2 im Weltmeisterschaftsfinale 1954 gegen Ungarn.

2. Günther Netzer sorgte mit einem Tor im DFB-Pokalendspiel 1973 für Furore. Was war das Besondere an dem Treffer? (⚽)
a) Es war ein Fallrückzieher.
b) Er warf den Ball per Einwurf ins Tor.
c) Er hatte sich vorher selber eingewechselt.

3. Und auch ein Tor des Spielers Jürgen Sparwasser bei der WM 1974 wird unvergessen bleiben. Warum? (⚽)
a) Es war das entscheidende Tor im Finale.
b) Es war das entscheidende 1:0 für die DDR gegen die BRD.
c) Es war das erste Tor des Turniers.

ANTWORTEN

1. *Antwort c) ist richtig. Helmut Rahn schoss den Siegtreffer in der 84. Minute mit dem linken Fuß. In seinen 40 Länderspielen erzielte er 21 Tore. Eine Knieverletzung beendete anschließend seine Karriere. Am 14. August 2003 starb Helmut Rahn im Alter von 73 Jahren in Essen.*

2. *Antwort c) ist richtig. Netzer spielte von 1965 bis 1973 für Borussia Mönchengladbach. Im Finale gegen Köln saß er auf der Bank. Nach 90 Minuten stand es 1:1. Netzer wollte unbedingt aufs Feld und wechselte sich vor der Verlängerung gegen einen anderen Spieler ein, ohne dass sein Trainer Hennes Weisweiler das mitbekam. Netzers 2:1 bedeutete für die Borussia den Pokalsieg.*

3. *Antwort b) ist richtig. Sparwasser brachte mit seinem Tor in der 79. Minute den großen Favoriten in Hamburg zu Fall und sicherte seinem Land den Gruppensieg in der Vorrunde. Es war das einzige Spiel der beiden Länder bei einem internationalen Turnier. Die BRD kam dennoch weiter und wurde schließlich sogar Weltmeister. Die DDR schied eine Runde später aus.*

4. Der Torwart Jens Lehmann schrieb Bundesliga-Geschichte. Wodurch? (⚽)

a) Er warf sich den Ball selbst ins Tor.
b) Er schlug den Schiedsrichter zu Boden.
c) Er erzielte als erster Keeper ein Feldtor.

5. Karl-Heinz Körbel ist der Spieler mit den meisten Bundesliga-Einsätzen. In seinen 602 Spielen für die Frankfurter Eintracht vollbrachte er eine bemerkenswerte Leistung. Welche? (⚽)

a) Er erhielt keine einzige rote Karte.
b) Ihm gelang kein einziges Tor.
c) Er wurde nie ausgewechselt.

6. In Lausanne begann er seine Fußballkarriere. Dann ging er nach Deutschland zu Bayer Uerdingen, wechselte 1991 zu Borussia Dortmund und schlug dort gewaltig ein. Wie heißt dieser Spieler aus der Schweiz? (⚽⚽)

4. Antwort c) ist richtig. Am 20.12.1997 traf Lehmann für seinen damaligen Klub Schalke 04 in letzter Minute zum 2:2-Ausgleich. Und das ausgerechnet im Derby gegen seinen späteren Verein Borussia Dortmund.

5. Antwort a) ist richtig. Der »brave Charly« war ein sehr fairer Spieler. Von 1972 bis 1991 hielt er der Frankfurter Eintracht die Treue, schoss dabei 45 Tore und betreute den Klub später sogar noch als Trainer. Körbel feierte vier Pokalsiege und lief sechsmal im Trikot der Nationalmannschaft auf.

6. Stéphane Chapuisat, genannt »Chappi«, bestritt über 90 Länderspiele für die Schweiz. In Dortmund wurde er wegen seiner zahlreichen wie spektakulären Tore schnell zum Publikumsliebling. 1995 und 1996 wurde er mit den Borussen Deutscher Meister, gewann 1997 den Europapokal der Landesmeister und holte mit Dortmund im selben Jahr den Weltpokal. 2003 wurde er von Sportjournalisten zum wichtigsten Schweizer Nationalspieler der letzten 50 Jahre gewählt.

7. Josef »Sepp« Maier ist einer der erfolgreichsten Torhüter Deutschlands. Bei seinem Verein FC Bayern München legte er eine tolle Serie hin. Wie viele Spiele in Folge stand er im Tor ohne einen einzigen Tag Spielpause? (⚽)

a) 211

b) 344

c) 422

8. In welcher österreichischen Stadt spielte Toni Polster, bevor er international Karriere machte? (⚽)

a) Wien

b) Graz

c) Salzburg

9. Im August 1977 stellte der Stürmer Dieter Müller vom 1. FC Köln in einem Spiel gegen Werder Bremen einen Bundesliga-Rekord auf: Er schoss in diesem Spiel . . . na, wie viele Tore? (⚽)

a) fünf

b) sechs

c) sieben

10. Welcher Torwart vollbrachte das Kunststück, in seiner Karriere viermal abzusteigen? (⚽)

a) Richard Golz

b) Andreas Köpke

c) Oliver Reck

7. *Antwort c) ist richtig. Die Serie dauerte vom 21.8.1966 bis zum 9.6.1979. Sepp Maier spielte sogar eine Halbzeit lang mit angebrochenem Arm. Dreimal wurde er zum Fußballer des Jahres gewählt. Er feierte mit der Nationalmannschaft den Gewinn der Welt- und Eropameisterschaft, holte mit dem FC Bayern München vier Meistertitel und Europapokale. 1979 wurde seine Karriere durch einen schweren Autounfall beendet.*

8. *Antwort a) ist richtig. Von 1973 bis 1982 spielte Polster bei Austria Wien. Seine weiteren Stationen: Simmering, AC Turin, FC Sevilla, CD Logrones, Rayo Vallecano, 1. FC Köln und Borussia Mönchengladbach.*

9. *Antwort b) ist richtig. Der 1. FC Köln gewann in der Saison 1977/78 mit 7:2 gegen Werder Bremen. Dieter Müller erzielte allein sechs Tore!*

10. *Antwort b) ist richtig. Eigentlich ist Andreas Köpke ein toller Torwart gewesen: Zwischen 1990 und 1998 machte er 59 Länderspiele für die Nationalmannschaft und wurde 1996 Europameister. In der Bundesliga war er jedoch nicht so erfolgreich. Mit Hertha BSC Berlin und Eintracht Frankfurt stieg er jeweils einmal, mit dem 1. FC Nürnberg sogar zweimal ab. Im Jahr 2001 beendete er seine Karriere.*

11. Wie lautet der Spitzname von Franz Beckenbauer? (⚽)

12. Welcher Spieler schoss die meisten Bundesligatore? (⚽)

a) Gerd Müller
b) Giovanne Elber
c) Jürgen Klinsmann

13. Franz Beckenbauer spielte als Schüler zuerst beim SC München. Dann wollte er eigentlich zu 1860 München wechseln. Er entschied sich dann aber doch für den FC Bayern. Warum? (⚽)

a) Der Trainingsplatz von 1860 war zu weit weg von zu Hause.
b) Er sollte bei 1860 Stürmer spielen, obwohl er lieber Verteidiger war.
c) Er hatte eine Ohrfeige von einem 1860-Spieler bekommen.

14. Der Stürmer Karl-Heinz Rummenigge hatte als Spieler bei seinem Verein FC Bayern München einen Spitznamen, der ein bisschen an den Namen einer bekannten Märchenfigur erinnert. Wie lautete der Spitzname? (⚽)

a) Pummelstielzchen
b) Heinz im Glück
c) Rotbäckchen

11. *Na klar, Beckenbauer wird »Kaiser« genannt. Er hatte eine sehr elegante Spielweise und eine sehr gerade Körperhaltung. Das unterschied ihn von anderen Spielern. Beckenbauer bestritt 396 Spiele in der Bundesliga für Bayern München.*

12. *Antwort a) ist richtig. Gerd Müller schoss in 427 Bundesligaspielen für seinen Klub FC Bayern München 365 Tore. Torschützenkönig wurde er siebenmal, und zwar in den Jahren 1967, 1970, 1972–1974 und 1978.*

13. *Antwort c) ist richtig. In einem Jugend-Finale hatte ihm ein Gegenspieler von 1860 eine Ohrfeige verpasst. Danach hatte er keine Lust mehr, zu 1860 München zu gehen. Nach seiner Zeit bei den Bayern wechselte er noch zu Cosmos New York und dem HSV.*

14. *Antwort c) ist richtig. Rummenigge schoss schnell das Blut in den Kopf, wenn er verlegen war. Daher der Spitzname. Er machte 162 Tore in 310 Spielen für Bayern München. Mit seinem Verein wurde er 1980 und 1981 Deutscher Meister, gewann zweimal den DFB-Pokal, wurde Europapokalgewinner und mit der Nationalmannschaft Europameister und zweimal Vize-Weltmeister.*

15. Auch Gerd Müller, der beste Stürmer, den die Bundesliga je gesehen hat, bekam schnell einen Spitznamen verpasst. Wie lautete er? (⚽)

a) Bomber der Nation
b) Torminator
c) der gefährliche Gerd

16. Der Torhüter Petar Radenkovic machte auch außerhalb des Fußballplatzes Schlagzeilen. Er sang einen Schlager, der sehr bekannt wurde. Wie hieß der? (⚽)

a) Ich bin kein Tor.
b) Bin i Radi, bin i König.
c) Ich halt jeden Ball.

17. Der frühere englische Fußballstar und heutige Trainer Kevin Keegan wurde auch in einem künstlerischen Bereich sehr bekannt. In welchem? (⚽)

a) als Maler
b) als Pop-Star
c) als Dichter

18. Auch der Nationalspieler Erwin Kostedde hat Fußballgeschichte in Deutschland geschrieben. Warum? (⚽)

a) Er schoss das schnellste Länderspieltor für Deutschland.
b) Er war der älteste Spieler, der noch für Deutschland spielen durfte.
c) Er war der erste dunkelhäutige Nationalspieler.

__15.__ Antwort a) ist richtig. Gerd Müller war der gefährlichste deutsche Stürmer, den es je gab. Er schoss 68 Tore in 62 Länderspielen. In 427 Spielen für den FC Bayern München traf er 365-mal. Damit ist er absoluter Rekord-Torschütze der Bundesliga. Allein in der Saison 1971/72 traf er 40-mal ins gegnerische Netz! Das schaffte bisher kein anderer Spieler.

__16.__ Antwort b) ist richtig. Petar Radenkovic stand zwischen 1963 und 1970 in 215 Spielen im Tor bei 1860 München. Bekannt wurde der Jugoslawe durch seine Ausflüge in den gegnerischen Strafraum. Ein Tor gelang ihm dabei allerdings nicht. Dafür landete er mit seinem Lied »Bin i Radi, bin i König« in den Hitparaden.

__17.__ Antwort b) ist richtig. »Head over Heals in Love« hieß das Lied, mit dem Keegan die Hitparaden stürmte, während er für den HSV auf Torejagd ging. Die »Mighty Mouse«, wie der kleine Engländer genannt wurde, spielte von 1977 bis 1980 für den HSV und schoss in 90 Bundesligaspielen 32 Tore. 1978 und 1979 wurde er Europas Fußballer des Jahres.

__18.__ Antwort c) ist richtig. Kostedde kam dreimal in der Nationalmannschaft zum Einsatz. In der Bundesliga hießen seine Stationen Duisburg, Offenbach, Hertha BSC Berlin, Borussia Dortmund und Werder Bremen. Ingesamt machte er 219 Bundesligaspiele und 98 Tore.

19. Wer war »Klinsi«? (⚽)

20. In welchem Land außer in Österreich wurde Hans Krankl Torschützenkönig? (⚽)

a) Spanien

b) Italien

c) Deutschland

21. Mit welchem Verein wurde Ciriaco Sforza 1991 Schweizer Fußballmeister? (⚽)

a) FC Basel

b) Grasshopper Zürich

c) FC Aarau

22. Manfred Kaltz, der beim HSV spielte, war auch wegen einer ganz bestimmten Schussart bekannt, die nach einer Frucht benannt ist. Welche? (⚽)

a) Pflaume – für besonders schlappe Schüsse

b) Granatapfel – für besonders kräftige Schüsse

c) Banane – für gebogene Flanken in den Strafraum

19. Jürgen Klinsmann. Mit 108 Spielen und 47 Toren in der Zeit von 1987 bis 1998 ist er einer der erfolgreichsten Torschützen für die deutsche Nationalmannschaft. 1990 wurde er Welt-, 1996 Europameister.

20. Antwort a) ist richtig. In der Saison 1978/1979 schoss er 29 Tore für den FC Barcelona. In derselben Saison gewann er mit dem Verein auch den Europapokal der Pokalsieger. In Österreich wurde er viermal Torschützenkönig. Seit Februar 2002 ist er Coach der österreichischen Nationalmannschaft.

21. Antwort b) ist richtig. 1993 wechselte der Mittelfeldspieler dann nach Deutschland zum 1. FC Kaiserslautern und spielte später auch bei Bayern München. In der Schweiz hießen seine Vereine neben Grasshoppers Zürich: Villmergen, Wohlen und Aarau. Ciriaco Sforza hat bereits 79 Länderspiele für die Schweiz bestritten.

22. Antwort c) ist richtig. Mit seinen krummen Flanken, die wie Bananen in den gegnerischen Strafraum flogen, wurde Manfred Kaltz bekannt. 581 Spiele machte er in 20 Jahren für den HSV.

23. Mit welchen drei Worten beendete Bayern-Trainer Giovanni Trapattoni seine legendäre Pressekonferenz im März 1998? (⚽⚽)

24. Der ehemalige deutsche Bundestrainer Berti Vogts war als Spieler ein Top-Verteidiger. In seinen 96 Länderspielen schoss er wie viele Tore? (⚽)

a) keines

b) eins

c) 13

25. Der frühere Bundestrainer Sepp Herberger machte nicht nur als Coach von sich reden, sondern auch mit seinen Sprüchen und gesammelten Weisheiten. Welcher Spruch von ihm ist bis heute unvergessen? (⚽)

a) Der Ball ist rund.

b) Ein Tag ohne Fußball ist ein verlorener Tag.

c) Abseits ist, wenn der Schiedsrichter pfeift.

23. *»Ich habe fertig« waren die letzten Worte von Giovanni Trapattoni. Der Italiener hielt seine Rede in gebrochenem Deutsch, weil er die Sprache noch nicht so gut beherrschte. Er war so wütend über seine Mannschaft, dass er seinem Ärger lautstark Luft machte.*

24. *Antwort b) ist richtig. Vogts ackerte und rackerte in der Verteidigung, in den gegnerischen Strafraum zog es ihn allerdings sehr selten. Sein einziges Tor für die Nationalelf machte er mit dem Kopf. Für seinen Verein Borussia Mönchengladbach traf er hingegen 33-mal.*

25. *Antwort a) ist richtig. Sepp Herberger war bereits vor dem Zweiten Weltkrieg und danach bis 1964 Trainer der deutschen Nationalelf. Mit ihr gewann er 1954 die Weltmeisterschaft. Herberger prägte noch mehr Sprüche, zum Beispiel auch »Nach dem Spiel ist vor dem Spiel«. Er verstarb im April 1977, kurz nach seinem 80. Geburtstag.*

26. Wer ist “König Otto”? (⚽)

a) Ottmar Hitzfeld

b) Otto Addo

c) Otto Rehhagel

27. Im Juni 2001 wurde Jakob »Köbi« Kuhn Schweizer Nationalcoach. Bei welchem Verein spielte er zu seiner aktiven Zeit? (⚽)

a) FC Zürich

b) Grasshopper Zürich

c) FC Basel

28. Für den brasilianischen Ausnahmefußballer Pelé läuteten am 19. November 1969 alle Kirchenglocken in seinem Heimatland. Warum? (⚽)

a) Seine Hochzeit fand an diesem Tag statt.

b) Er überlebte einen Flugzeugabsturz.

c) Er hatte sein 1 000. Tor geschossen.

29. Bei der Weltmeisterschaft 1986 in Mexiko erzielte der argentinische Fußballstar Diego Maradona ein Tor mit einem Körperteil, mit dem Fußballer sonst eigentlich keine Treffer landen (sollten). Welches war das? (⚽)

a) mit der Hand

b) mit dem Po

c) mit der Nase

26. *Antwort c) ist richtig. Otto Rehhagel bekam den Titel in Bremen verliehen, nachdem er mit dem Verein zweimal Deutscher Meister und DFB-Pokalsieger geworden war. 1992 holte er den Europapokal der Pokalsieger an die Weser. Insgesamt war Otto Rehhagel 14 Jahre Trainer bei Werder. Anschließend wechselte er zu Bayern München, stieg 1997 mit dem 1. FC Kaiserslautern in die Bundesliga auf und wurde prompt Deutscher Meister. Seit 2001 ist er Trainer der griechischen Nationalmannschaft.*

27. *Antwort a) ist richtig. In der Zeit von 1960 bis 1977 wurde er mit dem FC Zürich sechsmal Meister und fünfmal Cupsieger. In 64 Länderspielen für die Schweiz traf er fünfmal das Tor.*

28. *Antwort c) ist richtig. Sein 1000. Tor wurde in Brasilien gefeiert wie der Gewinn der Weltmeisterschaft. Er schoss es am 19.11. für seinen Stammverein, den FC Santos, im Spiel gegen Vasco da Gama. Insgesamt traf der Stürmer in 1363 Spielen 1278-mal. In seinen 93 Länderspielen erzielte er 80 Tore und wurde mit Brasilien dreimal Weltmeister.*

29. *Antwort a) ist richtig. Im Viertelfinale gegen England nahm Maradona die Hand zu Hilfe, um den Ball zum entscheidenden 2:1 ins Netz zu befördern. Später behauptete der flinke Spielmacher: »Es war die Hand Gottes.«*

30. Just Fontaine hält den Rekord für die meisten Tore während einer WM-Endrunde. Wie viele Treffer waren es wohl? ()

a) sechs

b) neun

c) 13

31. Der Engländer Stanley Matthews schaffte etwas, das vor ihm noch kein Fußballer in seinem Land erreichte. Was? ()

a) Er war der erste Fußball-Milliardär.

b) Er war der erste Fußballspieler, nach dem in England ein Stadion benannt wurde.

c) Er war der erste Fußballer, den man zum Ritter schlug.

32. Wer ist der teuerste Spieler der Welt (Stand Oktober 2003)? ()

a) Luis Figo

b) Zinedine Zidane

c) David Beckham

33. Der Schweizer Gottfried Dienst wurde nicht als Trainer oder Spieler berühmt, sondern als . . . ()

a) Sportreporter

b) Vereinspräsident

c) Schiedsrichter

30. *Antwort b) ist richtig. Diesen Rekord stellte Fontaine 1958 in Schweden auf. Frankreich wurde Dritter. Insgesamt machte er in seinen 20 Länderspielen 27 Tore. Zum Vergleich: Ronaldo genügten bei der WM 2002 in Frankreich acht Treffer, um erfolgreichster Schütze zu sein.*

31. *Antwort c) ist richtig. Matthews machte unglaubliche 701 Ligaspiele und war noch mit 50 Jahren für sein Team Stoke City aktiv. 1956 wurde er zum ersten Fußballer des Jahres in Europa gewählt. 54 Länderspiele bestritt der flinke Dribbler und wurde für seine Verdienste um den Fußball 1965 von der Königin zum Ritter geschlagen. Fortan durfte er sich »Sir« Stanley Matthews nennen.*

32. *Antwort b) ist richtig. Für 70 bis 80 Millionen Euro wechselte Zinedine Zidane im Sommer 2001 von Juventus Turin zu Real Madrid. Die genaue Ablösesumme ist nicht bekannt. Zidane löste den Portugiesen Luis Figo ab, der ein Jahr zuvor für fast 60 Millionen Euro vom FC Barcelona ebenfalls zu Real Madrid gewechselt war.*

33. *Antwort c) ist richtig. Gottfried Dienst ist der einzige Schweizer, der ein WM-Endspiel pfeifen durfte. 1966 leitete er das Finale zwischen England und Deutschland, in dem das berühmte »Wembley-Tor« fiel.*

34. Wer ist »il fenomeno«, das »Phänomen«? (⚽⚽⚽)

35. Wie heißt eine große Torwartlegende? (⚽)

a) Ärger

b) Zoff

c) Stress

36. Der deutschen Stürmerin Heidi Mohr wurde eine Ehre zuteil, die sonst nur männlichen Fußballern vorbehalten war. Welche? (⚽)

a) Einer ihrer Treffer wurde zum »Tor des Monats« gewählt.

b) Der Bundeskanzler empfing sie zu einer Privataudienz.

c) Sie wurde zum Probetraining bei Bayern München eingeladen.

34. *Es ist der Brasilianer Ronaldo. Er war Weltfußballer 1996, 1997 und 2002. Mit acht Treffern wurde er Torschützenkönig der WM 2002.*

35. *Antwort b) ist richtig. Der Italiener Dino Zoff wurde noch im stolzen Fußballeralter von 40 Jahren Weltmeister. Mit 112 Länderspielen ist er Italiens Rekordnationalspieler. 1999 und 2000 war er Trainer der italienischen Nationalmannschaft.*

36. *Antwort a) ist richtig. Es war das 2:1 im EM-Endspiel 1995 gegen Schweden. Deutschland siegte 3:2. Heidi Mohr ist Deutschlands erfolgreichste Torjägerin. In 104 Spielen traf sie 83-mal. Dabei konnte sie sich über zwei Europameistertitel und eine Vizeweltmeisterschaft freuen.*

Die Punktewertung

In dieser Rubrik konntest du insgesamt **40 Punkte** erreichen.

31 bis 40 Punkte:
Wahnsinn! In dieser Rätselklasse gibt es nur wenige, die mit dir mithalten können. Du bist einer von den ganz Großen! Was Pelé, Beckenbauer, Vieri und Ronaldo auf dem Spielfeld sind, bist du bei den Rätselfragen. Vielleicht ruft ja schon bald die englische Königin bei dir an, um dich für dein enormes Wissen über die Stars von gestern und heute adlig zu sprechen. Nanu, klingelt da etwa schon das Telefon . . .?

21 bis 30 Punkte:
Wie Gerd Müller Tore erzielt hat, so beantwortest du Fußballfragen: Jeder Schuss ein Treffer. Einfach prima! Schon jetzt bist du ein großer Rätselprofi, der von sich reden macht. Wer weiß, vielleicht wirst ja auch du schon bald in die Fußballanalen eingehen . . .!

0 bis 20 Punkte:
Noch bist du nur ein Talent – aber du hast das Zeug, einmal ein ganz Großer zu werden!

Sechste Quizrunde –
Geschichte des Fußballs

FRAGEN

1. Die ältesten Spuren von fußballverwandten Spielen sind etwa 5000 Jahre alt. In welchem Land wurde das erste Mal so etwas wie Fußball gespielt? (⚽)

a) Brasilien
b) England
c) China

2. Wirklich wahr: Schon im 17. Jahrhundert spielten die Eskimos ein fußballähnliches Spiel. Woraus bestand der Ball? (⚽)

a) aus Robben- oder Rentierleder
b) aus geformtem Eis
c) aus einem ausgestopften Fischmagen

3. Welches Land wird »Mutterland des Fußballs« genannt? (⚽)

a) Deutschland
b) England
c) Brasilien

ANTWORTEN

1. *Antwort c) ist richtig. Der »gelbe Kaiser« in China, Huang-Ti, soll Regeln für ein Spiel mit dem Namen Tsu'h-küh erfunden haben. Glaubt man den Spuren, die auf Steinbildern gefunden wurden, so muss dieses Spiel schon etwas Ähnlichkeit mit dem heutigen Fußball gehabt haben.*

2. *Antwort a) ist richtig. Bei den Eskimos ging es darum, einen Ball über die Linie des Gegners zu bringen. Dabei durfte nicht nur geschossen, sondern auch geworfen, getreten und geschlagen werden. Bei diesem Spiel ging es zwischen den Mannschaften sehr hart zu.*

3. *Antwort b) ist richtig. England trägt diesen Titel vor allem, weil in London 1863 der erste Fußballverband der Welt gegründet wurde: die Football Association. Der Verband stellte erstmals verbindliche Regeln für das Spiel auf. Das war die Geburtsstunde des modernen Fußballs.*

4. Im Jahre 1864 wurden die Fußballregeln in der englischen Stadt Cambridge erweitert. Die Spieler wurden verpflichtet ein bestimmtes Kleidungsstück zu tragen. Welches? (⚽)

a) Schuhe

b) Mützen

c) Handschuhe

5. Am 30.11.1872 wurde das erste Länderspiel der Fußballgeschichte zwischen England und Schottland angepfiffen. Wie lautete wohl das Resultat? (⚽)

a) 0:0

b) 5:5

c) 1:1

6. Im Jahre 1875 wurden die Tore in England verändert. Was war neu? (⚽)

a) die Querlatte

b) das Tornetz

c) die Torlinie

7. Welche bittere Erfahrung mussten die Spieler der Queens Park Rangers acht Jahre nach Gründung ihres Vereins machen? (⚽)

a) Sie verloren ihr erstes Spiel.

b) Ihr Trainer wurde entlassen.

c) Sie mussten ihr erstes Gegentor hinnehmen.

4. *Antwort b) ist richtig. Eine weitere Regel der Kleiderordnung sah vor, dass die Hosen der Spieler die Knie bedecken mussten.*

5. *Antwort a) ist richtig. Etwa 4000 Zuschauer waren bei dem historischen Ereignis anwesend. Es soll ein gutes Spiel gewesen sein, so stand es damals jedenfalls in den Zeitungen. Nur die Tore fehlten.*

6. *Antwort a) ist richtig. Bis dahin hatte eine Schnur oder ein Band als obere Torbegrenzung herhalten müssen. 1875 bekam das Tor eine Latte aus Holz verpasst.*

7. *Antwort c) ist richtig. Die Queens Park Rangers waren damals eine Macht. Von 1867 bis 1875 konnte kein Spieler ein Tor gegen diese Mannschaft erzielen.*

8. Wo wurde 1874 der erste Fußballverein in Deutschland gegründet? (⚽)
a) München
b) Berlin
c) Braunschweig

9. Welches ist der älteste Verein in Österreich? (⚽)
a) FC Tirol Innsbruck
b) Grazer AK
c) First Vienna FC

10. In welchem Jahr spielte die Schweizer Liga den ersten Meister aus? (⚽)
a) 1879
b) 1897
c) 1900

11. Die ersten drei deutschen Länderspiele fanden 1899 statt. Der Gegner bei allen drei Begegnungen hieß England. Wie viele Gegentore musste die deutsche Elf in den drei Spielen hinnehmen? (⚽)
a) keines
b) zehn
c) 30

8. *Antwort c) ist richtig. Der Lehrer Konrad Koch spielte 1872 als Erster mit seinen Schülern Fußball. Zwei Jahre später gründete er in Braunschweig einen Schülerfußballverein und stellte 1875 die ersten deutschen Regeln für Fußballspiele auf.*

9. *Antwort c) ist richtig. Der First Vienna FC wurde 1894 gegründet und ist damit der älteste Fußballklub in Österreich. In der Saison 2003/2004 spielte der Verein in der Regionalliga Ost. Meister wurde der Verein zuletzt 1955. Insgesamt konnte der Klub drei Meistertitel erringen.*

10. *Antwort b) ist richtig*

11. *Antwort c) ist richtig. Das Mutterland des Fußballs war zu dieser Zeit sehr stark. Deutschland verlor die Spiele mit 2:13, 2:10 und 0:7. Dies sind die so genannten »Urländerspiele«, sie werden heute nicht mehr zu den offiziellen Länderspielen gezählt. Die Bilanz der deutschen gegen die englische Nationalelf ist fast ausgeglichen: In 26 Spielen bis September 2003 gab es elf Siege, vier Unentschieden und 14 Niederlagen.*

12. Gegen wen bestritt Österreich das erste Länderspiel? (⚽)

a) Deutschland
b) Ungarn
c) Schweiz

13. Wie wird das Schweizer Nationalteam genannt? (⚽⚽)

14. Der DFB wurde in einem »runden« Jahr gegründet. Wann? (⚽)

a) 1850
b) 1900
c) 1950

15. Das Finale um die erste Deutsche Meisterschaft gewann der VfB Leipzig gegen eine Mannschaft aus einer europäischen Hauptstadt, die nicht zu Deutschland gehört. Um welche Stadt handelte es sich? (⚽)

a) Rom
b) Prag
c) Wien

12. *Antwort b) ist richtig. 1902 gab es ein 5:0 in Wien.*

13. *Die Eidgenossen*

14. *Antwort b) ist richtig. Die Vertreter von 86 Vereinen gründeten am 28.1.1900 in Leipzig den Deutschen Fußball-Bund. Heute ist er mit über vier Millionen Mitgliedern der größte Sportverband der Welt.*

15. *Antwort b) ist richtig. Bei der ersten Fußball-Meisterschaft nahmen auch Mannschaften außerhalb des damaligen »Deutschen Reiches« teil. Leipzig gewann das Finale gegen den DFC Prag mit 7:2. Das Endspiel fand vor 2000 Zuschauern in Hamburg statt.*

16. 1903 gelangte der DFC Prag ins Finale um die Deutsche Meisterschaft, ohne dass die Mannschaft im Halbfinale gegen ihren Gegner, den Karlsruher FV, antreten musste. Warum? (⚽)

a) Die Karlsruher bekamen ein Telegramm, in dem stand, dass das Spiel verlegt worden sei, und reisten deswegen gar nicht erst nach Prag.

b) Das Halbfinale wurde durch Los entschieden, weil beide Vereine sich nicht über einen Spieltag einigen konnten.

c) Die Karlsruher Spieler verzichteten auf das Spiel, weil viele von ihnen am Spieltag arbeiten mussten.

17. 1922 stand es im Finale um die Deutsche Meisterschaft nach 120 Minuten 2:2 unentschieden. Wie wurde die Partie zwischen dem HSV und dem 1. FC Nürnberg schließlich entschieden? (⚽)

a) durch Elfmeterschießen

b) durch Münzwurf

c) Gar nicht. Das Spiel wurde nach 190 Minuten abgebrochen.

18. Die Nationalmannschaft der Schweiz erreichte einmal bei einem internationalen Wettbewerb das Finale. Bei welchem? (⚽)

a) Olympiade

b) Europameisterschaft

c) Weltmeisterschaft

16. Antwort a) ist richtig. Tatsächlich dachten die Spieler des Karlsruher FV, dass das Spiel nicht stattfinden würde, und blieben zu Hause. Das war besonders bitter, da der Karlsruher FV damals zu den besten Mannschaften Deutschlands gehörte. Wer das Telegramm geschrieben hat, ist nie herausgefunden worden.

17. Antwort c) ist richtig. Tatsächlich war damals eine Verlängerung noch nicht auf 2 x 15 Minuten begrenzt. Stattdessen spielten beide Mannschaften einfach immer weiter. Als es zu dunkel war, brach der Schiedsrichter das Spiel ab. Im Widerholungsspiel spielten die Nürnberger nach Verletzungen beim Stande von 1:1 nur noch zu siebt. Abermals wurde das Spiel abgebrochen und der HSV zunächst zum Meister erklärt. Als Nürnberg jedoch protestierte, wurde die Entscheidung zurückgenommen. In diesem Jahr gab es keinen Deutschen Meister.

18. Antwort a) ist richtig. Die Schweizer mussten sich 1924 im Endspiel gegen Uruguay mit 0:3 geschlagen geben und gewannen die Silbermedaille.

19. Wie wurde das österreichische Nationalteam in den Dreißigerjahren genannt? (⚽)

a) Wunderteam
b) Schützenverein
c) Grätschen-Götter

20. Welcher Verein schaffte als erster das Double, gewann also die Meisterschaft und den Pokal? (⚽)

a) Bayern München
b) Borussia Dortmund
c) Schalke 04

21. Welcher Verein ist Schweizer Rekordmeister? (⚽)

a) Grasshopper Zürich
b) FC Basel
c) Young Boys Bern

22. Die erste Fußball-Weltmeisterschaft fand in Uruguay statt. Der Gastgeber gewann schließlich auch den Titel im Finale gegen Argentinien. In welchem Jahr? (⚽)

a) 1902
b) 1930
c) 1950

19. *Antwort a) ist richtig. Die österreichische Nationalelf blieb 14 Spiele hintereinander ungeschlagen – bis zu der Partie gegen England in London am 7. Dezember 1932. Die knappe 3:4-Niederlage war allerdings fast so viel wert wie ein Sieg, denn bis dahin hatte es noch keine Mannschaft geschafft, den übermächtigen Engländern in London Paroli zu bieten.*

20. *Antwort c) ist richtig. Schalke 04 gewann 1937 die Meisterschaft und den Pokal. Das machten nur zwei Vereine nach: Bayern München 1969 und der 1. FC Köln neun Jahre später, 1978.*

21. *Antwort a) ist richtig. Grasshopper Zürich gewann 25 Mal die Schweizer Meisterschaft, dabei gelang ihnen achtmal das Double (Meister und Pokalsieger).*

22. *Antwort b) ist richtig. 1930 wagte es die FIFA, das erste Turnier dieser Art auszurichten. Viele Länder nahmen nicht teil. Sie glaubten, die Turnieridee würde ein Flop, und die Reise nach Uruguay war ihnen zu weit. Nur 13 Nationen nahmen teil – doch am Ende wurde das Turnier ein voller Erfolg.*

23. Der 4. Juli 1954 ist ein historischer Tag für den deutschen Fußball. Warum? (⚽)

a) Franz Beckenbauer wurde geboren.

b) Die deutsche Nationalmannschaft gewann zum ersten Mal ein Länderspiel.

c) Deutschland wurde zum ersten Mal Weltmeister.

24. In der Vorrunde der Weltmeisterschaft 1954 standen sich Deutschland und Ungarn gegenüber. Wie lautete das Ergebnis aus deutscher Sicht? (⚽)

a) 1:0

b) 3:2

c) 3:8

25. Bei der WM 1954 fesselte ein Spiel zwischen Österreich und der Schweiz die Zuschauer ganz besonders. Warum? (⚽)

a) Die Schweiz gewann das Spiel, obwohl in der zweiten Halbzeit nur noch sieben Spieler auf dem Platz standen.

b) Das kuriose Ergebnis begeisterte die Zuschauer. Österreich gewann mit 7:5.

c) Die Österreicher spielten mit einem blinden Außenverteidiger.

23. *Antwort c) ist richtig. Deutschland schlug den haushohen Favoriten Ungarn im Finale mit 3:2. Eine Sensation! Der damalige Bundestrainer war Sepp Herberger, der Kapitän war Fritz Walter vom 1. FC Kaiserslautern.*

24. *Antwort c) ist richtig. Allerdings hatte Trainer Sepp Herberger auch einige Stammspieler auf der Bank gelassen, weil er sich keine Chancen gegen den Favoriten ausrechnete. Die Kräfte sollten für das entscheidende Spiel gegen die Türkei geschont werden. Dieses Spiel gewann Deutschland dann auch mit 7:2.*

25. *Antwort b) ist richtig. Dabei lag Österreich schon mit 0:3 zurück. Das Viertelfinalspiel fand in Lausanne statt. 50000 Zuschauer sahen das spannende Spiel bei 35° Hitze.*

26. 1958 war ein tragisches Jahr für den Verein Manchester United. Warum? (⚽)

a) Die Mannschaft verspielte im letzten Spiel die Meisterschaft.

b) Der Verein ging bankrott.

c) Die Mannschaft stürzte mit dem Flugzeug ab.

27. In welcher Stadt sangen die Fans bei einem Fußballspiel im Stadion das erste Mal? (⚽)

a) Dortmund

b) Liverpool

c) Rom

28. Bei der Gründung der Bundesliga 1963 fehlte ein Verein, der heute nicht mehr aus der höchsten Spielklasse wegzudenken ist. Welcher Verein ist gemeint? (⚽⚽)

29. Bei der Bundesliga-Gründung legte der DFB fest, wie viel ein Spieler im Monat verdienen durfte. Wie viel war das? (⚽)

a) 1200 DM (ca. € 600,-)

b) 7500 DM (ca. € 3750,-)

c) 65000 DM (ca. € 32500,-)

26. *Antwort c) ist richtig. Acht Spieler starben bei dem Unglück am 6. Februar auf dem damaligen Flughafen München-Riem. Die Mannschaft wurde damals nach ihrem legendären Trainer Matt Busby »Busby Babes« genannt. Wie Matt Busby überlebte auch Bobby Charlton das Unglück.*

27. *Antwort b) ist richtig. Das erste Lied, das die Fans des Liverpool FC sangen, war »You'll never walk alone« der Gruppe Gerry & the Pacemakers. Es war damals ein Hit in den englischen Charts. Ursprünglich stammt es aber aus einem Musical der Vierzigerjahre.*

28. *Bayern München musste, als die erste Bundesliga-Saison ausgetragen wurde, noch in der Regionalliga Süd kicken. Eine 2. Bundesliga gab es nicht, stattdessen vier Regionalligen und die Stadtliga Berlin. 1965 stiegen die Bayern auf und sind seitdem ununterbrochen in der 1. Liga.*

29. *Antwort a) ist richtig. In den Anfängen der Bundesliga waren sogar die Prämien vom DFB festgeschrieben: 2000 DM kassierten die Spieler für den Meistertitel, 1500 DM für den Pokalsieg. Die Ablösesummen durften 50000 DM nicht überschreiten.*

30. 1966 wird ein kleiner Hund namens »Pickles« für seine großen Verdienste um den Fußball geehrt. Was hatte er getan? (⚽)

a) Der Hund war im Finale gegen Deutschland auf das Spielfeld gelaufen und hatte dem Torwart so kräftig in den Po gebissen, dass der einen Kullerball durchließ.

b) Er war das Maskottchen der WM und wurde für seine Verdienste geadelt.

c) Der Weltpokal wurde vor der WM gestohlen. Der kleine Hund spürte die unter einem Baum vergrabene Trophäe wieder auf.

31. Im Finale der Weltmeisterschaft 1966 zwischen England und Deutschland schießt Geoff Hurst das vielleicht berühmteste Tor der Fußballgeschichte zum 3:2 für England. Es hat fortan einen bestimmten Namen. Wie lautet er? (⚽)

a) Das »Wembley-Tor«

b) Das »Whiskey-Tor«

c) Das »Waterloo-Tor«

32. In der Saison 1967/68 wurde der 1. FC Nürnberg Deutscher Meister. Welche Platzierung erreichte der Klub ein Jahr später? (⚽)

a) Er verteidigte den Titel.

b) Er wurde knapp Zweiter.

c) Er stieg ab.

30. *Antwort c) ist richtig. Der Barkassenführer David Corbett führte Pickles Gassi und der Hund fand den Pokal. Damals gab es in Großbritannien keinen bekannteren Hund. 1983 wurde der Pokal erneut gestohlen – aber dieser ist nie wieder aufgetaucht.*

31. *Antwort a) ist richtig. Das Tor wurde nach dem Stadion benannt, in dem es fiel. Bis heute ist allerdings umstritten, ob der Ball wirklich mit vollem Umfang hinter der Linie war.*

32. *Antwort c) ist richtig. Es ist bisher einmalig geblieben, dass der Titelverteidiger absteigt. Der damalige Trainer Max Merkel hatte nach der Meisterschaft das ganze Team umgekrempelt und war damit gescheitert.*

33. In den Siebzigerjahren waren zwei Bundesligavereine besonders erfolgreich. Welche? (Je Verein gibt es einen ⚽, maximal also zwei ⚽⚽.)

34. 1971 erlebte die Bundesliga ihre bisher schwärzeste Stunde: Den so genannten Bundesliga-Skandal. Worum ging es dabei? (⚽)

a) Das erste Mal hatte ein Spieler über eine Million Mark Ablöse gekostet. Die Öffentlichkeit war erschüttert über diese hohe Summe.

b) Es wurde bekannt, dass zahlreiche Spiele der letzten Jahre manipuliert worden waren: Mannschaften hatten Geld erhalten und verloren absichtlich.

c) Acht Spieler des Deutschen Meisters Borussia Mönchengladbach wurden erwischt, wie sie heimlich hinterm Klubheim rauchten. Das war für Spieler streng verboten.

35. 1998 passierte etwas Kurioses beim Champions-League-Halbfinale zwischen Real Madrid und Borussia Dortmund. Was war das? (⚽)

a) Ein nackter Mann lief auf das Spielfeld.

b) Der Schiedsrichter bekam einen dringenden Anruf und verließ das Stadion.

c) Vor dem Spiel fiel ein Tor um.

33. *Die erfolgreichen Vereine waren Borussia Mönchengladbach und der FC Bayern München. Gladbach wurde fünfmal Deutscher Meister (1970, 1971, 1975, 1976, 1977), die Bayern dreimal (1972, 1973, 1974). Dafür gewann der FC Bayern mehr europäische Titel: 1974, 1975 und 1976 den Europapokal der Landesmeister. Gladbach holte zweimal den UEFA-Cup: 1975 und 1979.*

34. *Antwort b) ist richtig. Über 50 Spieler und sechs Präsidenten und Manager wurden bestraft, weil ihnen nachgewiesen wurde, dass sie Spiele der Bundesliga gegen Geldzahlungen manipuliert hatten. Arminia Bielefeld und Kickers Offenbach mussten wegen des Betrugs zwangsabsteigen.*

35. *Antwort c) ist richtig. Kurz vor Anpfiff fiel das Tor um, weil Zuschauer dahinter an den Befestigungsstangen für das Tornetz gezerrt hatten. Es dauerte rund eineinhalb Stunden, bis ein neues aufgebaut war und das Spiel beginnen konnte.*

36. »Cordoba« ist für jeden österreichischen Fußballfan ein Begriff. Warum? (⚽)

a) Alfred Cordoba ist Österreichs bester Stürmer aller Zeiten.

b) In Cordoba gelang Österreich der erste Sieg gegen Deutschland nach 47 Jahren.

c) Franz Cordoba war der Begründer des österreichischen Fußballverbands.

37. Der Bremer Spieler Michael Kutzop schrieb 1987 mit einem Pfostenschuss Bundesligageschichte. Wieso? (⚽)

a) Er schoss einen Elfmeter gegen den Pfosten. Hätte er ins Tor getroffen, wäre Werder Bremen Deutscher Meister geworden.

b) Kutzop stolperte als Torwart beim Abstoß, der Ball rollte zurück an den eigenen Pfosten.

c) Kutzop schoss so hart, dass der Ball platzte.

38. Seit wann gibt es in der Bundesliga drei Punkte für einen Sieg? (⚽)

a) 1963

b) 1975

c) 1995

39. Wer wurde 1992 Europameister? (⚽)

a) Deutschland

b) Dänemark

c) England

36. Antwort: Antwort b) ist richtig. Mit ihrem 3:2-Sieg warfen die Österreicher den Titelverteidiger aus dem Rennen.

37. Antwort a) ist richtig. Es war der vorletzte Spieltag der Saison 1985/86. Spitzenreiter Bremen empfing den Tabellenzweiten Bayern München. Bis zur 88. Minute stand es 0:0. Bremen bekam einen Elfmeter zugesprochen, den Kutzop an den Pfosten setzte. Am letzten Spieltag verlor Werder Bremen und die Bayern wurden Meister.

38. Antwort c) ist richtig. Vorher gab es nur zwei Punkte für einen Sieg. Der DFB hoffte durch die Regeländerung den Offensivfußball zu fördern.

39. Antwort b) ist richtig. Eigentlich war Dänemark noch nicht mal für die EM qualifiziert. Sie rückten aber kurzfristig an Stelle von Jugoslawien ins Teilnehmerfeld. Ohne sich richtig auf das Turnier vorbereiten zu können, erreichten sie völlig überraschend das Finale der EM in Schweden. Als sie im Endspiel auch noch den Favoriten Deutschland mit 2:0 besiegten, war die Sensation perfekt.

40. Bis 1999 gab es den Europapokal der Pokalsieger. Wie oft konnten deutsche Mannschaften diesen Titel gewinnen? (⚽)

a) nie

b) viermal

c) 20-mal

41. Das 1:0 von Thomas Helmer am 32. Spieltag der Saison 1993/1994 in der Begegnung des FC Bayen München gegen den 1. FC Nürnberg bekam anschließend einen besonderen Namen. Welchen? (⚽)

a) Phantomtor

b) Fummeltor

c) krummes Tor

42. Der Fußballer Jean Marc Bosman ging im Dezember 1995 in die Fußballgeschichte ein. Warum? (⚽)

a) Er war der bis dahin teuerste Spieler.

b) Er brachte mit einer Klage vor Gericht die Ablösesummen zu Fall.

c) Er schoss zwölf Tore in einem Spiel.

40. Antwort b) ist richtig. 1966 gewann Borussia Dortmund den Titel, 1967 Bayern München, 1977 der Hamburger SV und 1992 Werder Bremen.

41. Antwort a) ist richtig. Eigentlich ging der Ball vorbei, doch der Linienrichter zeigte dem Schiedsrichter ein Tor an. Der gab den Treffer und am Ende gewann Bayern München 2:1. Das Spiel wurde wegen des »Phantomtors« jedoch nicht gewertet. Das Wiederholungsspiel gewannen die Bayern dann sogar mit 5:0.

42. Antwort b) ist richtig. Bosman hatte geklagt, weil ihn sein Verein FC Lüttich nicht zu einem anderen Verein wechseln lassen wollte. Der Europäische Gerichtshof bestätigte, dass jeder Mensch das Recht habe, seinen Arbeitsplatz frei wählen zu dürfen. Das gelte auch für Fußballspieler. Deswegen dürfen Vereine seit dem Urteil bei einem Wechsel keine Ablösesummen mehr für Spieler verlangen, deren Vertrag abgelaufen ist. Mit dem Urteilsspruch brachte das Gericht das Transfersystem in Europa vollkommen durcheinander.

43. Der Torwart Darren Castle gehört nicht zu den Bekanntesten seines Fachs. Dennoch hat er Fußballgeschichte geschrieben. Wodurch? (⚽)

a) Mit 13 stand er bereits im Kasten eines schottischen Erstligisten.

b) Er sang während der Spiele Opern-Arien.

c) Er war der Erste, der ein Abstoßtor erzielte.

44. Wer gewann die Südamerikameisterschaft für Nationalmannschaften 2003? (⚽)

a) Kolumbien

b) Brasilien

c) Argentinien

45. Welches Land ist gemeint: Es gewann den Afrika-Cup 2002, wird von einem Deutschen trainiert und schied bei der WM 2002 bereits in der Vorrunde aus. (⚽⚽)

46. Was war das Besondere an der Weltmeisterschaft 2002? (⚽)

a) Es fielen so viele Tore wie noch nie bei einer WM.

b) Es war die erste Weltmeisterschaft in Asien.

c) Es war die WM mit den meisten Zuschauern.

__43.__ Antwort c) ist richtig. Bei einem Amateurturnier nahe der schottischen Stadt Aberdeen traf Castle Ende 1997 mit einem Abstoß ins gegnerische Tor. Zu seinem Glück hatte die FIFA erst ein paar Monate zuvor eine Regel geändert, nach der solche Tore erlaubt waren.

__44.__ Antwort a) ist richtig. Kolumbien gewann das Finale gegen Mexiko mit 1:0.

__45.__ Kamerun ist gemeint. Das Land verteidigte den Erfolg aus dem Jahr 2000 und hat den Afrika-Cup jetzt insgesamt viermal gewinnen können. Trotz des frühen Ausscheidens blieb Winnie Schäfer auch nach der WM 2003 Trainer von Kamerun.

__46.__ Antwort b) ist richtig. Vorher fanden alle Weltmeisterschaftsendrunden in Europa, Süd- oder Nordamerika statt.

Die Punktewertung

In dieser Rubrik konntest du insgesamt **50 Punkte** erreichen.

35 bis 50 Punkte:
Klasse, du bist ein wandelndes Fußball-Lexikon! Ob Bosman-Urteil oder Wembley-Tor – du weißt genau, was gefragt ist. Das ist einsame Spitze, egal, ob nach der Zwei- oder Drei-Punkte-Regel!

20 bis 34 Punkte:
Dass es Fußball nicht erst seit der neuen alten »Sportschau« gibt, ist für dich selbstverständlich! In den Sechzigerjahren kennst du dich ebenso aus wie beim aktuellen Fußball. Klasse!

0 bis 19 Punkte:
Oje, das Kapitel war aber auch schwer! Oder hättest du gedacht, dass schon vor langer Zeit die Eskimos gegen den Ball getreten haben? Noch bist du auf Entdeckungsreise durch die lange Geschichte des Fußballs, aber vielleicht hast du ja auch schon bei diesem Quiz etwas dazugelernt?!

Die große Endabrechnung

Es ist geschafft! **374 Fußballfragen** liegen hinter dir. Wie gut du in den einzelnen Wissensgebieten des Fußballs bist, hast du ja schon am Ende der einzelnen Rubriken herausgefunden. Aber wie gut bist du insgesamt?
Um das zu erfahren, zähle jetzt alle deine Punkte zusammen. Die höchste Punktzahl, die du erreichen konntest, sind **503 Punkte.** Wie gut du im Fußball Bescheid weißt, kannst du dann unten nachlesen.

Thema	**Höchstpunktzahl**	**Meine Punktzahl**
Quizrunde 1	172 Punkte	
Quizrunde 2	83 Punkte	
Quizrunde 3	79 Punkte	
Quizrunde 4	79 Punkte	
Quizrunde 5	40 Punkte	
Quizrunde 6	50 Punkte	
Gesamtpunktzahl	503 Punkte	

400 bis 503 Punkte:
Unglaublich! Wahnsinn!! Super!!! Mit so viel Punkten bist du Weltfußballer des Jahres. Du bist auf allen Fußballgebieten der absolute Wissens-Champion.

275 bis 399 Punkte:
Stark! Mit diesem Ergebnis bist du Europas Fußballer des Jahres. Du hast auf allen Fußballgebieten gutes Wissen gezeigt.

175 bis 274 Punkte:
Auch nicht schlecht. Du bist Deutschlands Fußballer des Jahres. Zwar scheinst du noch einige Lücken zu haben, doch als Spezialist im allgemeinen Fußballwissen kannst du dich mit gutem Gewissen bezeichnen.

Unter 175 Punkte:
Kopf hoch! Bestimmt kannst du besser Fußball spielen als Quizfragen lösen.

Damit ist die Quiz-Show zu Ende. Wir hoffen, die Reise durch die Welt des Fußballs hat dir Spaß gemacht.

Deine Rätselkicker